U0691557

香雪文学系列丛书

爱有声音

吴艳君

著

长江出版传媒

崇文书局

序 言

文化黄埔：又添一抹香雪色彩

江 冰

"怒潮澎湃，党旗飞舞，这是革命的黄埔。"20世纪20年代，黄埔军校的校歌，至今在耳边回响。因为长洲岛，因为黄埔军校，黄埔给我强烈的红色文化印象。捧读了香雪文学系列丛书，我的心目中又铺开了"文化黄埔"新印象。请允许我逐个阐述——

军旅诗人赵绪奎：老兵的乡愁

赵绪奎是一位六次荣立三等功的军旅诗人。从故乡走来，经历军旅生涯，然后转业回到地方。他的诗集《久未谋面》内容可分三类：故乡回望，军旅生涯，中年感慨。

他对故乡一往情深，几乎对每一位亲人都有细致描写。比如，《好想成为小姑的儿子》里写道："只有小姑还一直坚持宠着我，她是上天派来罩着我的神。"小姑写完写大姑，大姑写完写小姑父的单车，还有奶奶，笑容满面，如观音在世；继父也进入了他的诗篇。

值得赞赏的是，赵绪奎诗歌中质朴的情感，与他描述的事物（无核蜜橘、纽荷尔橙子、雁窝菌榨的菌油、雷公屎地衣地脸皮、硬皮菜瓜、扯秆辣椒）保持着零距离。诗中情感恰似老家地里生长的果蔬。

"一个老兵心中的家，永远待在原地，老兵梦里的程序是灵魂的分解与连贯的动作。"可以看到，军旅的家在赵绪奎的人生中有巨大的投影，因此他在《战地黄花》中缅怀先烈，回忆往事，期望与战友再次相遇。

中年的感慨化作《想对儿子说的话》："如果有可能，还想再挖一口塘，方便你饮水或者游泳，养鱼喂虾，与青蛙对话，那是我们当地人的口音与技能，忘了真不好见人，你最好能把它刻在骨子里。"当然，还有《旧相册里看到的灿烂星空》，给人以无尽的遐想。

我们可以看到这样一位诗人，在两个"家"的精神映照下，一直书写着他的人生，书写着他的"幸福的由来与出神的站台"。也许是因为行伍出身，赵绪奎的诗情感质朴，物象真实，语言率真。希望他能够继续从中国古典诗词中汲取营养，始终一贯地运用现代诗歌意象与修辞，写出意蕴更加深邃绵长，更令人回味的优美诗篇。

作家许锋：一只南方天空的候鸟

《享海》这本散文集收入的都是许锋近年在《人民日报》《光明日报》发表的作品。他的文字以及作品的内涵与美的表达，充分展现个人文学的功底与优势。

许锋并没有把自己的视野局限在黄埔、开发区，或者佛山。但空间又确实给予他创作的灵感和生命的体验。像候鸟一样生活，"移民""迁徙"的当下中国——许锋的空间描述颇具典型性。

首先，他是广佛同城的见证者。在《广佛候鸟》《开发区》《佛山的清晨》等文中，他纪实般地表达了作为广佛同城——城市建设进程日常见证者的观察感受。应当说，在作者个人情感的润泽下，一种非虚构的文字平添抒情般的诗意，纪实文字与抒写华章相得益彰。

其次，作者来自北方又居住在南方，南方北方，地域不同，中华之魂却息息相通。来来往往之中，故乡人事与主体精神互为参照，从而构成许锋散文最具风采的一个侧面。如《乡村外婆》《第三十七团》《黄杨河的晨》均表达了作者在南方北方往返的特殊体验。时空交替中的生命，呈现出别样的姿态与风采。

许锋散文浓郁的叙事风格，取胜于抒情中的诗意哲理。比如，《乡村外婆》《黄杨河的晨》《享海》等，就是文字精当的代表。那些避开众口一词同质化、呈现个性化的感悟，正是他作品中最珍贵的元素。

因为古往今来所有经典作品，证明了一个道理：愈是个性化的作品，愈可能传播久远。当然，前提在于你提供了非凡的描述与见解。世界因你而不同，且愈加精彩。

期望许锋在作品格局与视野上有进一步拓展，写出具有中国乃至世界襟怀的作品。

於中甫：为乡愁吹响一支竹笛

"床前明月光，疑是地上霜。举头望明月，低头思故乡。"李白的名篇《静夜思》已然深入骨髓，成为中国人的文化基因。於中甫的散文集《故乡的润泽》就是与李白同一主题的乡愁书写。

开宗明义，於中甫将自己安徽老家摆在读者面前，读他的《故乡的田园》时，刚开始担心缺少重点——深挖一口井。但随之发现，他对故乡的描述相当细致全面：祖母、黄鳝、桑葚、桃花、西瓜、油菜花、捉鱼、粽子……几乎所有的原生态元素一应俱全。乡愁故乡，童年记忆，挥之不去；中年回望，五味杂陈，感慨万千，成为散文中最可贵最耐读也最具有艺术气质的部分。

值得一说的，还有写岭南等地的篇目。青年入粤，中年回望，其实已分出第一、第二、第三故乡，吾心安处是吾乡，足下土地已然是温馨的家园。回望童年之后，中年奋战疆土，亦值得书写。

但如何写得刻骨铭心、荡气回肠，可与故乡祖籍文字一较高下，又是对新客家人写作者的一个考验。

於中甫显然做出了努力。细读《韩愈的阳山》《汕之尾兮》《哦，萝岗香雪》，真挚的情感已将人生轨迹从故乡延伸到岭南，中年历尽沧桑后的思绪更加开阔与深刻。蹚过河流浅滩，目光投向河床深处，探寻源头去向。

21世纪中国，随着城市化推进，记住乡愁，水到渠成地成为一种召唤，成为文学艺术创作的原动力之一。书写乡愁的作品，如何推陈出新，独树一帜，独具匠心？我以为至少有以下几个有效路径：题材新奇，比如李娟、刘亮程的新疆散文；意蕴开掘，比如梁鸿的《中国在梁庄》；艺术手法翻新，比如周晓枫的《有如候鸟》……或可是当下作家们互鉴和不懈探求的。

"雄关漫道真如铁，而今迈步从头越。"说回於中甫的创作，寄望他如以上所说的名家一样，求深求新求变，让创作再上一个新境界。

孙仁芳：文青襟怀，拾花入梦，芬芳自在

孙仁芳的散文集《拾花入梦》有花的芬芳，梦的亦真亦幻。显而易见，这位女作家的文青情怀、细腻情感，化作香雪、青花、荷花、使君子的花瓣，纷纷扬扬，形成自己独有的心理氛围：诗歌般的句子，呈现摇曳多姿之态。

孙仁芳散文以抒情取胜，但总体上仍以叙事散文为主，其中抒情应占多少比例，值得谨慎把握。恰到好处地抒情，可以提升哲理，赋予诗意。若比例过半则有可能导致空泛乃至矫情。同时，散文抒情还需要叙事去铺垫，铺垫愈充分愈厚实，抒情就愈可能达到最佳艺术效果。

作家作为文字的巧匠，还需要将每一个字词稳妥安放：各得

其所，各显光彩，不必牵强，不必过度；寻找字词的合适位置，或许是每一位文字人终身所求的功课。白居易名篇《琵琶行》，值得仔细揣摩品味，其叙事与抒情就有成功的过渡。

这，或许也是修辞的本意。

《父亲》一文，情感真挚，细节丰盈，于多侧面及一些日常细节，写活了闽南一带的父亲形象。通篇读来亲切细腻，文字干净朴实，意境淡雅，作者寄寓之心跃然纸上。《萝岗梅香》《莲塘人家》《弄香》等篇，均有不俗的文字营造，若将文章内涵提升，耐人回味的艺术效果会更好。

除了文字构筑的美丽意境之外，读者还需要汲取作家本人独到的生命体验，以及对外部世界与内心互动之间的独到发现。庸常平凡的日常生活，应当成为艺术提升的基础与跳板。

作者来自闽南，并以新客家人身份融入岭南，因文化差异而获得一份独特的文化体验。远离家乡，会使作家获得两种感受：回望家园，咀嚼童年；寻找新家，吾心安处是吾乡。

这，已然成为孙仁芳散文中最为华彩的片段，亦最具审美价值。若以此进一步深入开掘，将成为她下一步创作的生长点。20世纪80年代以来，移民迁徙已成常态，此文学主题还有很大的作为空间。

学无止境，期望于作者。

吴艳君：湘西歌手，一半唱给都市，一半留在故乡

吴艳君《爱有声音》，大半篇幅为诗歌，小半篇幅为散文。她的诗歌，让人想到山间清风、溪水叮咚。清新，质朴，诚恳，诗句少有象征隐喻，几乎一色民谣般简单、清朗。

《阿妈的演奏》，诗人观察的是阿妈的手——在一行行青葱中穿梭，在一朵朵菜花中翩然。她的想象是在钢琴演奏中，将郎朗比喻成邻家的小孩，用郎朗的手和母亲的手互为观照。对亲爱的外婆，则是"带走了记忆里爆米花的全部香甜"。

她的作品就像"太阳提着月饼，接月亮去了""我散步的时候，只有自己的影子"——故乡在她的心中占有很大的位置，甚至远远超过城市。她也写到爱情，写到少女的情怀，但这些都抵不过她在城乡间的浓重乡愁。比如《今夜，请你陪我跳摆手舞》，此摆手舞，就是湘西土家族的舞蹈。

吴艳君的诗文活画出一位湘西土家族少女，进入广州大都市后，那种都市与乡间往返激荡的情愫。她对城市的认识，从秋葵开始，但乡村却一直拽着她的心："一旦背起行囊，故乡就只有冬季""小背篓，晃悠悠，笑声中妈妈把我背下了吊脚楼"——如此熟悉的旋律，总在字里行间回荡。

假如用现代诗歌的意象、隐喻、象征等艺术手法与标准要求吴艳君，似乎对这位来自湘西土家族的女诗人不太公平，因为，我们可以联想到"城市民谣"的出处与蔓延。

作为城市人笔下的新民谣，保留了质朴清新纯美的传统民谣气质、风格与修辞手法，或许也是当下几代人的乡愁情结的自然流露。恰好传达了如今大批进入城市的人们——漂泊者的身份与尖锐感受：怀念童年与故乡，构成一种挥之不去的理想与情愫，并试图回归简单淳朴的浪漫情怀。

需要特别强调的是，"一闪一闪亮晶晶""月亮走，我也走"——所谓"城市民谣"并非简单的口水歌，亦非直抒胸臆的大白话，而是能够承继传统，延续文脉的"新民谣"。汉语的丰富与价值——其中的内涵与精神——需要在新民谣中探索与坚持。传统民谣仅仅是基础，城市诗人需重构并有所提升。

内心草木丰沛，笔底方可海阔天空；唯有生命体验深刻而独到，方有真正不俗且上乘的文字。古人言"功夫在诗外"；今人说"过于专业的文学生活，一不留神就会画地为牢"。古今高论，值得回味。

千古文章事，得失寸心知。豁达、清醒、热爱、坚定，且终身修炼提升的写作，如琢如磨。愿与诸位文友共勉。

行笔到此，衷心祝愿上述五位广州黄埔诗人作家，立足大湾区写作富矿，从文学语言、文化修养、生命体验等各个方面开拓精进，不断升华，为黄埔文化的出新出彩书写时代的动人华章。

是为序。

2021 年 8 月于广州琶洲

（作者为广州岭南文化研究会会长、文艺评论家、中国作家协会会员、广东财经大学教授）

目　录

爱 情

烟火·梦·远方

散 文

故乡·家

阿妈的演奏

您的手
在菜地里忙碌
头发和杂草一起飞舞
想安抚却又无言
那些粗糙会灼痛肌肤
小瓢虫和蜜蜂却很喜欢
忽而停驻
忽而飞走

您说
您听不懂现在的娃娃们唱歌
一会儿哼一会儿唱一会儿说
不像郎朗搬个小板凳坐在钢琴前
乖乖地弹琴
您说那小子一看就像邻家的小孩
夸他弹钢琴的手比您的手好看

春日暖暖
和太阳一起看您
看您的手在一行行青葱中穿梭
看您的手在一朵朵菜花中翩然
看您抬手将挡住视线的发丝夹在耳后
看您笑意盈盈地和一只蝴蝶说话

看您不小心将泥巴抹上额头

嘿！妈妈
在这乍暖还寒的春日
在这无比寻常的午后
这关于天地的琴
关于丰收的琴
甚至关于生活的琴
您比郎朗
弹得好

像小时候那样

亲爱的外婆
我悄悄去了您现在住的地方
松柏青翠，芳草萋萋
我宁愿相信
那是爱美的您用另一种方式生长的头发
而坟头上那几枝漂亮的野花
是您做的别致发卡

此刻，我只想静静地躺在您的身旁
像小时候那样

外婆
您带走了记忆里爆米花的全部香甜啊
我常常想起的
是您看我时那像蒲公英一样的笑颜
是每个清晨您低头的凝视
是饭香袅袅时您一声声"君儿"的呼唤
还有上学时
您给的那些包在手绢里的皱巴巴的零花钱

就让我陪您睡一会儿吧
像小时候那样
我想再为您暖暖冰冷的被子

再陪您说说能逗您大笑的悄悄话
再听您骂我一声：小捣蛋鬼
可是外婆呀
我怎么感觉不到您搂我的手
耳边亦没有您温暖的气息

外婆，外婆呀
您知道吗
您温暖了我童年的所有冬天
我却无力温暖您如今这小小的家
无法呼吸，无法呐喊
只能任由泪水
任由泪水
灼痛每一寸肌肤
灼痛每一缕思念
灼痛这
开满鲜花的春天

外婆，外婆呀
此刻聒噪的风也伤心无言
我要怎样让您知道呢
让您知道
我是如此爱你
让您知道
在梦里
像小时候那样
我依然是您
最喜爱的、扔不掉的小尾巴

故乡，在冲着我回眸

我抛弃灯红酒绿
抛弃觥筹交错
只为遇见
你花开的样子

鸟们、虫们、蛙们
我急切的脚步
惊动了你们的梦吗
你们打鼾的声音开始杂乱无章

好吧
我承认我经常翻阅
那些旧时光
只敢在黑夜里耕种春天

白天却不懂我的煎熬
勾着指头数着日子
看不懂沙漏的执着
一滴泪水从沙子中穿过

很多时候
我是陌生的自己
以流浪狗的姿势

匍匐在别人门外

家就在身后
路却有增无减
渐渐地
连回头也那么无力

你说柿子红了
你说大雪封山
你说梅花谢了
你说你给我做的雪人，化了

借口终于被我用行囊扎紧
只用一秒钟
我已飞步前行
还好，赶上了花开的声音

找到曾经苦读的那扇窗
抚摸上面月老的吻痕
在这扇窗下写过那么多的信
都去哪儿了

像活火山一般
再小的缠绵也会不定时燃烧
真的
你无需纠结火势的大小

总会回吧

总要回吧

在山的那头

故乡在冲着你回眸

爱

西餐厅、高脚酒杯、迷你裙
大城市的一切就像瘟疫蔓延了女儿全身
您站在吊角楼上
看着归家女儿那像火烧过的头发
边喃喃念叨着："这就是时髦么"
边端着家酿的米酒迎上："来，喝点，去寒"
立刻这冬天仿佛不冷了
酒香熏得眼眶有些湿润

白菜苗、油菜苗、卷心菜
小乡村的菜地上到处都是绿色食品
您说您要用最新鲜的蔬菜为女儿洗尘
忙碌的您
甚至忽略了您身旁那双含泪的眼睛

是从什么时候开始
没有再好好看您了呢
如今在这暖阳下
在这处处生机的菜地上
您知不知道您的黑发被镀上银
您知不知道
您弯弯的背影被暖阳剪影

而您更不知道
女儿其实有多喜欢看您
不管是如今您的白发苍苍
还是记忆中您的青春动人
且等来年冬天吧
我会穿着您熟悉的土布印花长裙
回到吊脚楼
看顾您、守护您
我的母亲

我今天 18 岁

我今天 18 岁
也可能是 3 岁
夕阳要坠下去的时候
表妹做好了好大一桌子菜
横行霸道的螃蟹此刻安静地趴着
她两岁的小儿子抓了一个
摇摇晃晃毫不犹豫地放到我的手里
拉菲红酒在桌子另一边抛着媚眼
水果蛋糕上飘着湘西土话

好像有什么和窗台上的蒜苗一起苏醒
抹一把脸
喀瑟地把岁月的痕迹做成旗帜
左瞧右看总结成"过往"两个文字
然后铺一粉色信笺
为此刻 18 岁的悸动写一首诗
顺便扒拉一下梦想
看是否还和云雀的叫声一样清晰

总有什么是一样
总有什么不一样
那个小娃娃冲着我欢快地拍着小手掌
一低头——原来是尿了一地

哈哈大笑着赶紧跳开

表妹淡定地给娃娃换了裤子

窗外灯光

开始一闪一闪的诱惑着桌子上的鸡汤

鸡汤却亮汪汪的晃着窗外的月亮

有一种弥漫的暖意铺排开来

忍不住用指作画

用微笑晕染

这一个个

我偶有嫌弃却一直深爱的日子

中 秋

想悄悄问你

这条河流今何往

眉眼深处

可有故乡

琼楼玉宇不敌湘西的雕花楼台

那一杯清风

是陈酿

太阳提着月饼接月亮去了

我散步的时候只有自己的影子

从前不知秋天这暖和月色的赠予

织着毛衣话秋凉

火塘边

阿妈肯定正披着我不穿的外套

阿爸是不是在喝着他很得意的三年陈酿

这树梢，这绿草

这中秋，都是月光

十七岁

穿过梦
遇到十七岁的自己
那个我梳着长辫子
咧着嘴笑着
会时不时偷一杯阿妈的米酒
然后笑吟吟地看着吊脚楼喝醉
歪着头
再看看织布机前
老婆婆手里的西兰卡普跳舞
有时窗外会有竹哨响起来
惹得一林子的小鸟跟着扑腾

火塘里阿妈拨着火苗
柴火快活地滋滋叫
奶奶一边缠着青丝帕
一边讲她当年做童养媳的辛劳
阿爸帮她抻抻衣服拍拍灰
插句话，笑一笑
奶奶便会一摆手
哈哈　也没那么苦啦
黄连日子里也会挤出蜜呦

如今奶奶早已不在

不晓得十七岁那年
是否
有一秒钟想过苍老
两秒钟想过孤独
可叹过无常
又是否悲过春秋

只记得那个野菊花开遍的山坡坡
一个十七岁的丫头
一屁股坐倒一片青草
手圈在嘴巴边喊一会儿山
再喊一会儿山外面的世界
许是故意
抑或无意
那些缠缠绕绕的心事
从此在山谷里开溜

换一个角度

有时候
换一个角度看世界
会发现
刺猬没有那么扎人
其实是个球
树也不是那么高大
有着触手可及的温柔
花会眨眼睛
也会躲在睫毛里面哭
而我
有时候是孤独的行者
有时候是蔫不唧的流浪狗
想着故乡
望着故乡
却靠不近故乡
可笑的是
想吃骨头
又要假装刻意掩藏心事
遮遮掩掩一步一回头
然后几乎是咬牙切齿地
反复咀嚼着
那个什么"乡愁"

那时候

那时候
没有钱包钱也少
外婆用手帕包了又包
手里的冰棍都舔去一大截
她老人家才找出几张毛票

那时候
房子都是木头做的
房檐翘得老高
冬暖那个夏凉
走路嘎吱叫

那时候
信件走得很慢
白色球鞋都跑脏了两双
看门的大爷还在怀疑地使劲擦着老花镜
"哪个男同学写的信？没见！"

那时候
毛衣是幺姨织的
零食是在地里找的
玩具是大家伙造的
游戏是自个儿编的

那时候
邻居大婶会说家长里短
会把土豆焖得贼香
会纳着千层底儿
会宠溺地看着我们互相追着跑

那时候
时光很慢
阿妈怎么也不显老
笑容里没有皱纹
如今却白发苍苍

唉，那时候
那时候
真好

阿爸的稻田

怎么老是想起阿爸的稻田呢

原来风花雪月

都不及阿爸的稻田好看

我曾经经常蹲在那里

看阿爸一边用脚丫子拱着泥土

一边把稗子一根根拔掉

他是不让我下田的

说我分不清稗子和水稻

我就在田边不停捧起蝌蚪又放掉蝌蚪

看它们在掌心游一会儿

再在禾苗旁边游得不见踪影

我试着把脚伸进去

像阿爸那样踩一脚泥

结果泥巴像吸力巨大的吸嘴

我拔得万分辛苦

阿爸呢

他已经远远地走了开去

那些禾苗像他当年的士兵

他走得不快但稳健地检阅

终于明白

我以为遇到的最大的劫数

都不如这稻田里的淤泥

谈什么撕心裂肺

讲什么肝肠寸断

听

稻田里的足音踩出了土家山歌的号子

一个回眸

晨雾散尽

稻叶弯似盏

那小小的蜻蜓

和露珠儿一起

缀成了另一篇日记

蚯蚓也能跳舞

阿爸您弯腰的样子
如同成熟的稻
阳光下
您戴的毡帽把您的脸
写意成一幅生动的画
黑土地此刻仿佛是您
唯一的恋人
您专注的神情
忽略了那只美丽的蝴蝶飞过

您是不懂诗的
您更不知道
一千多年前
有个诗人陶渊明
如您今日这般挥锄而作

然而
您是不需要懂诗的啊
那只淘气的小花狗
早在您的面前转着圈圈
把尾巴开成了菊花
而您调皮的三岁小孙子
却在您的面前扭着屁股

"爷爷呀！我在学蚯蚓跳舞"

呵呵呵呵

于是您的皱纹也绽放如菊花了

果真呢

那可爱的黑土地上

有无数蚯蚓在摇头扭臀

为您舞蹈

为您的快乐而快乐呢

在你爱我的那端

我听见风的呜咽太阳的呢喃
阿妈，在你爱我的那端
我看见你青春的身影里走来蹒跚的步伐
好似门口鱼塘薄暮时分的波光潋滟
你用双手将岁月拢在身后
笑容里写意着过往
眼神是那般温柔
你用一头青丝与生活纠缠
又用一头白发与生活和解
渐渐地
你把日子过成了你想要的样子
色彩斑斓又平平淡淡

我记得
麦田里你总能找到最饱满的籽粒
用嘴轻轻一咬
微笑着试一试它们是否成熟
你经常和你的那一大片田地一起沉默
抚摸额头像抚摸它们的沟壑
而你每一个手指头的茧
像开出的十束别致花朵
春天的时候
你喜欢和阿爸在那些土地上

用锄头挖出一个个酒窝
种上土豆、茄子和豆角

你不会说普通话
和你脚下的土地一样
都只会讲方言
你们一起商量着生机
又一起商量着枯萎
土地还能结出沉甸甸的种子
而你已经不能扛起一包五十斤的油菜籽
也没有多大失落
你拍拍手笑着坐到油菜籽上
呵呵，正好歇口气

现在你开始每天傍晚在村路上溜达
去跳广场舞的大妈那里转一转
在稻田边站一站
和你的西红柿呀毛豆呀随便打个招呼
有时候
也会吆喝吆喝邻居家的狗狗
你脸上的笑容越来越慈祥
菜，再也做不出新花样

阿妈
阿妈
在你爱我的那端
老吴家吊脚楼正在咕咕地冒着炊烟

久别重逢

又见吊脚楼和飞檐
又见八仙桌和青石板小巷
又见故乡缠绵的冬雨
又见讲着乡音的乡亲笑颜
丝丝缕缕如梦如烟
仿佛是唐诗的吟哦
宋词的哀婉
汉乐府的扣人心弦
水清见底
能见到游弋的鱼儿
瀑声隆隆
听来却如珠玉落盘
青石板路好长啊
每一句乡俗俚语
都会在石板路上撞出回声
间或有酒肆挑出一面"酒"的三角旗帜
自酿的酒香让空气有些微醺
棕红色的油粑粑和山溪小鱼仔
有点儿嘚瑟地诱惑食欲
霉豆腐沾着辣椒面迫不及待打着招呼
油煎土豆在锅里滋滋冒油
赶紧一样买一点安抚一下乡愁
一串香喷喷的蚂蚱

居然和我的油纸伞毫不违和

几个没带伞的小娃娃

一会儿跑到巷子深处

一会儿又从吊脚楼的转角处钻出来

雨就顺势跟着几个娃娃跑

跟着我的伞溜达

跟着黛青色的瓦唠嗑

跟着有曲线的山转几个圈圈

让你只能想到两个字：多情

土司王今何在呢

摆手堂静置的大鼓有点儿蒙尘

走累了就着八仙桌坐一坐吧

毛尖茶没晕开的时候

哼几句山歌

和着这雨韵

中南村的小河

露珠比我们起得早

我们去的时候

它们已经和花儿说了半天悄悄话儿

雾也比我们起得早

那条我们无比熟悉的母亲河

每天和无数鱼虾迎来送往

和熟悉的乡亲们或沉默或涌着浪

花式打着招呼

雾有时来

有时不来

来的时候

那一弯河水轻纱笼罩

只闻两岸鸟啼声声

恰有打鱼人驾着小船破雾驶来

河水会调皮地分成几伙

竹篙一撑一起时

一些河水会化成大大小小的水珠

顺着竹篙纷纷跌落

一些河水则在船尾翻滚着

像一条银白色的尾巴

偶有小鸭子冲这尾巴借力

起起伏伏好不快活

运气好的时候
还有土家山歌悠扬婉转
哥哥你砍柴火哦
打从妹妹屋前过
妹妹没得空呃
哥哥你莫恼火

像故意放慢的时光
小渔船在歌声中从铁索桥下悠悠驶过
这个地方
是我的灵魂安放之处
是我的诗歌
也是我的乡愁

我只是个孩子

在阿妈的菜园
我只是个孩子
看到青瓜就想咬一口的孩子
看到糖就想舔一舔的孩子
甚至忘记了自己几岁
苦瓜花、南瓜花、豆角花、白菜花簇拥在一起
像一个大大的万花筒
在万花筒里我寻找自己的故事
仙人掌像梦里那样开出奇异的花朵
一只蚕终于织好了自己的蜗居
南瓜不晓得能否变成马车
在这个梦幻的世界
我还差一双水晶鞋

与黄花风铃木邂逅

摇响一串串黄花风铃的时候
你哼唱着湘西的土家山歌
正和春天一起溜达
阿妈在吊脚楼里给你打电话
你给她描述着这奇异的花朵
阿妈问你
可有山上的杜鹃花好看
阿爸在旁边插话：
还没有你阿妈的南瓜花好看
你在电话这头听见笑得前仰后合
脑海里不可抑制地勾勒出
那两个老小孩得意的模样
你想起冬天的相聚
春天的告别
挥动的手像阿妈菜地的新芽

什么颜色都好
你是不适合忧郁的
风叮当作响
随手簪一枝花儿做胸针
别一朵太阳在发间
再不辜负这昂贵的时光
你心里开始跑着马儿

有了了不起的旖旎牧场

甭管低头还是浅笑

只要驰骋

你和春天一个模样

抚摸春天

我近来常常梦到一堆随意长着的瓦房
三三两两的冒着炊烟
梦到吊脚楼的楼板被踩得嘎吱嘎吱响
梦到田埂小路边成片的白的李花和红的桃花
甚至桃树上左一块右一块挨挨挤挤的桃胶
梦到小水沟旁大片的鱼腥草
野芹菜还有艾叶
梦到三哥铁文具盒里炒出来的香豆子

而我在梦里做什么呢
好像是怯生生的旅行者
只会咯咯咯惊喜地笑
可这明明是生我养我的地方呀
我在害怕什么呢
害怕失去还是害怕久别

眯着眼仔细端详阿爸发来的照片
像小时候踮着脚尖和他一起看那些田野
照片里居然还有停驻在屋檐下的小燕子
有点点青苔
在院墙上冒出了头或者探出了身子
我瞅瞅窗外广州这个近邻
有点儿想摸小燕子的尾巴

像抚摸

远方故乡的春天

吊脚楼

城市的霓虹灯

曾一度迷离了我的眼

日子被泡进

盛放各种液体的高脚酒杯

天旋地转间

依稀恍惚

我又看见啊

你右边那婆娑的竹林

以及后边那一片

高大的香椿

还有如豆灯火中

斜提绣花土布裙

款款下楼的长发女子

更有那

雕花的木窗前

老是凭窗而立的老妇人

她希望她想我时

我能站得高些再高些啊

最好能高过城市里所有的摩天楼群

好让她能一眼看见

她那如今穿超短裙的女儿

在哪里且行且吟

唉

吊脚楼呀吊脚楼
如何诉说游子心中的一往情深
只要有帆
纵然模糊所有
也会渐渐清晰
你的身影

给蝴蝶拍照

于昨夜梦中
喝了一壶酒
醉眼迷离中将那些青绿的果子
一点点熏染成黄色
顺便牵了蝴蝶的手
和秋天一起
摆了几个姿势
被酒泡过的心事有些矫情
不肯出来肆意溜达
只好手一挥
一串红花儿拉开帷幕
嗨
一双眼睛和它的精彩
就此开始

猫步
甚至凌波微步
呼吸都经过反复揣摩
靠近时
那些蝶儿还是若惊鸿般惊走
不顾暴晒
我仰着脸和它们对话
梁山伯与祝英台的故事你们知道否

要不要下来小酌一口
若有一些些醉意请稍作停留
怕的是
它们不醉，我醉了
到家时
一支蔷薇在围栏外挥手
那只蝶，可会来

裙 子

我想给阿妈买条裙子
阿妈把头摇成了拨浪鼓
阿妈讲
不就是去北京旅游么
莫非北京不喜欢裤子
我哪敢编排北京的坏话
那里还有她敬仰的毛主席
阿妈也不喜欢耳环
她讲严重影响她老人家朴素
她最喜欢讲述她的菜园
还有家门口的那条小河
说不知道北京
有没有和她种一样的菜

我默默检视着一堆奇装异服
晃了晃让人眼花缭乱的大耳环
看了看桌上的凤爪鸭头烧肉
说什么基因来自遗传
突然就有些怀疑
我是她捡的流浪小孩吗

哦——也可能基因突变
她种丝瓜的时候

我正染着头发
她老人家啧啧地表达着不屑
一边又让我拍张照片
然后诚恳地评价
假如你把头发烫得再开些
下雨天可以不用打伞

想与不想

我不想
你岸边的杨柳
在夕阳中怎样依依低头
我只想你黑土地上
那茸茸的青草
是怎样让我的思念
和她一样
绵长悠悠

我不想
你那九里十八弯的山路
在无数个晨昏
怎样牵引我的眼睛
我只想你吊脚楼上
那袅袅的炊烟
是怎样把我的快乐
幻化成
乡愁缕缕

故乡啊
我不想
你白日的喧嚣
小溪的潺潺

以及山鸡布谷鸟的欢叫
我只想你那对游子沉默的等候
以及因你的沉默
我那日夜不停战栗的心
心的战栗

看到萝岗香雪，就想到我的故乡

不知道为什么
看到你就想到故乡
想到吊脚楼上的那个长辫子少女
对着你痴痴地望
或许可以别一朵你在胸襟
或者绣一朵你在红唇
天呀
仅仅只是盛开哟
你已用了无数种姿势诱惑
仿若深埋多年的酒
成了致命陈酿

不知道为什么
看到你我也分不清故乡
分不清你清奇如水墨画般的身姿
是否在湘西和萝岗都长一个样
或许就是长在阿妈窗外的那一枝
或者就是镜头下香雪公园里妖娆的那一朵
天呀
仅仅只是形态哟
你已一如初妆浓淡相宜
又宛若画家的笔
早勾勒出旖旎风光

其实
你淡淡的馨香
早已让我失了魂魄
有时你在湘西的梦里
有时你在萝岗的风里
你还把寒风当春风
把白雪作华裳
盛开出了自己的一个节

请看吧
我倾听着你花开的声音
和一群最优秀的儿女
在故乡和第二故乡
将关于梦想和追求的歌曲
同时奏响

意大利面

一份意大利面放在眼前
红红的番茄酱
在淡黄色的面条上打上胭脂
在牛肉丁上涂上颜色
像不高明的化妆师作品
怎么看
怎么不好看

不咸有一点儿酸的味道
跟朋友吹得相差好远
唉
失望地把面条推远一点
关掉耳朵
关掉周围那些关于这个城市的语言
靠着椅子闭上眼睛
固执寻找
那些总在梦里的片段

如今
我是远离湘西那个小山村了
远离小山村那些
春天开满油菜花的农田
远离那些

无比熟悉的炊烟

不知道
邻居大婶还会不会
为些鸡飞狗叫的事儿和别人吵架
不知道
伯父家的老黄牛是否安好
会不会又驮着一两个快乐的牧童
慢悠悠蹚过那条清浅的小溪走过山脚
再慢悠悠地
走进那像金子般洒落的晚霞

在这装潢华丽的西餐厅里
突然好想阿妈
她没听过也不会做这洋玩意儿
但是她那双在我眼里最能干的手
却能在吊脚楼里
用肉末辣椒香葱
做出一碗香喷喷的臊子面

阿妈
我只吃了一口意大利面
怎么这嘴里，眼里，心里
都有些发酸

悄悄欢喜

我想写诗的时候
天很蓝云朵在笑
笑我这从吊脚楼里
走出来的女子
怎么能把家乡的山水
也写得
如沈从文笔下的《边城》
那般妖娆

先生
您的家乡就是我的家乡呵
从青石板路一路行来
追寻你青衫飘飘的身影
先生
我怎么能用这支笨拙的笔
为您描绘自您走后
这边城的风貌

给我灵感吧先生
让我告诉您家乡天空那不一样的蓝
告诉您猛洞河上的烟波浩渺
告诉您小背篓是怎样晃呀晃的
晃到外婆桥

还要告诉您家乡人对您的思念
就如同您之前常坐的小渡船旁的
带泪竹篙

先生
我隔着蓝天在看你
您可有读我的心思
我能写诗的对吗
好像看到
先生
您和云在笑

种一棵花

在庭院里
种一棵名为"广岛恋人"的樱花
现在还是冬季
花远游去了
但是最好告诉我归期
我已经准备好相机

如果可以
我愿意与你这样故意相逢
"草浅浅，春如剪"
每一剪，是一张画片
我要和你的花朵一样美丽地活着
也要一起简单的幸福
我们一起等最早的那一缕晨曦
一起数叶子上的朝露
一起笑裤腿上的泥巴
三月时
我们约会
纸鸢争风起，灼灼花十里

如果必要
花开后
我会与你淡淡香的告别

"花盈盈，淡如雪"
每一次，是一起缘念
芳些许，心如许
我和季节等你

有些遇见可以预见

可能
为了赶一个
芬芳馥郁的五月初夏之约
芍药、蔷薇、月季一起开了
一时间
院墙被装扮成很有浪漫故事的样子
阿爸拿着手机笑眯眯看着花
花也看着他
阳光透亮透亮的
阿妈扶着门框站着
"咔嚓咔嚓"
他随手拍了花也拍了阿妈
花盆边冒出些可爱的青苔
一只七星瓢虫
在阿爸的花叶上探出脑袋

喜欢这些花
它们每年热热闹闹地来
又依次冷静地退场
更喜欢它们
离去时不用为告别悲伤
因为冬去春来又相逢
不知道

它们悄然拔节悄然撑开花骨朵儿的声音

阿爸有没有听懂

有些事

肯花的心思刚好比别人多一点

好像有些遇见

真的可以预见

比如

这花开满园

原来你还在这里

倘若说春天是有表情的
那么花就是

幻想季节
一直徘徊在春天
那样我就可以不动声色地
徘徊在青春的年纪
追逐远方
却又忍不住留恋地
在原地转来转去
以为已经忘了
那些莹白的李花
或粉或红的桃花
锈红的香椿芽

原来
只不过是沉寂的火山
差一个火苗唤醒
原来
中南村的春天和阿妈窗前的灯
一直亮着

回的时候

终于撞了个满怀
那些掩埋的深情顺势苏醒
欣然的，雀跃的，得意的
甚至连欢呼都有点捂不住
穿行在那些花里
脸挨着它们
好像自己也是其中一朵

好像
那些飞来驻足的鸟儿
就为了与我来一场
你侬我侬的对视
忍不住
我们相视而笑
哦，原来你还在这里

读一首诗给你

我去见你的时候
已经有些感叹"老了"的凄惶
有些老树还在
可是已经爬不动了
那时候我们不知道会老
眼睛里都装着星星
会小小声讲着某个少年
嘻嘻哈哈跳跃着向前奔跑

多年不见
你家门前的河水变得更加翡翠碧绿
你卷卷的头发没那时的小辫好看
恰逢阴天
河面上云遮雾绕

路边很多香香的油菜花
可惜已不像那时
一大片一大片的金灿灿迷人眼
如今
更像画布上的随意装点
这儿一块那儿一块
稀稀拉拉的有些落寞悲伤
蒲公英三两朵的开在路边

有桃花独立枝头
也有桃花揽水照镜
三只鸭懒懒卧在水田边偶尔瞄我一眼
李花旁边
开始挤出了一簇簇新绿的小叶子

我没有遇见那时的你
又好像遇见了那时的我们
我们犹犹豫豫离开故乡
像去拾荒
不知道最终捡到什么
见，或者不见，从未相忘

有些想给你读诗
像儿时那样

人间烟火

河里捡来的鹅卵石
在刚砌的鱼池边上
和青苔一起吐着春天的气息

厨房里
阿妈不时往炉膛里添一把柴火
阿爸看管铁锅
一勺米浆旋进沾了点菜籽油的锅里
刷平、焖烧
绿豆皮几秒钟成型
同时成型的还有嫩绿的颜色
米和绿豆的香味

屋子外边
小侄女哼唱着
"我就是这个村最靓的仔"
在花圃里追逐蝴蝶

我在阳光里穿梭
把滚烫的绿豆皮叼在嘴里
看花结它的果
看蚂蚁搬它的窝

病毒
已被天使们困在方寸之地
冷风有点儿暖
应该不远了吧
那些五颜六色的烟火

老 屋

我已经记不清老屋的模样
只记得和叔叔伯伯们房子挨着房子
屋瓦连着屋瓦
大家共用一个大大的院子
还有着两三条小巷
有着哒哒的脚步声
下雨时有水洼
有我们穿着不合脚的雨靴踩来踩去的身影
大院子前还有个大大的牌坊
我们称之为朝门
有小狗儿和小鸡仔绕着朝门跑来跑去
饭香袅袅时
我们小娃娃经常端着饭碗窜进窜出
挨得近
叔叔伯伯们又喜欢叫
谁家做了好吃的简直门儿清
后来搬离
后来很少回
后来几乎不再经过
再见时
寂寂不见旧时当年
喧嚣远去
路边那棵粗壮的李树

我还记得它青涩的酸

成熟的甜

那些飘散了的柴米油盐

可还记得一个小姑娘的馋猫样儿

朝着庭院的那扇小窗

频频张望的眼

恍惚间

好像旧时屋宅

又跌入当初那个少年

做一个农人

青岗岭不是山
只是稍微高些的地势
一些村民们看中了它的风水
故去后纷纷把自己葬在这里

这里可以看见大片的田野
弯弯的小河
星罗棋布的房屋
看见远处的山峦
山峦下笔直修长的高速铁路

我无数次期待
自己是那些田野里的农人
可以和那些青苗果实一起招呼风云雷电
顺便一起遛遛太阳

或者盖一草屋
如果下雨
就和那些苗苗一起听雨
当然
如果青蛙和蚱蜢愿意
可以一起来

做一个农人
好好地爱我那一大片田地
爱那片田地种出的菜结出的果
甚至爱上从来不吃的苦瓜和茼蒿
和它们拥抱

做一个农人
梦想着我和风喊一声
那些苗苗瓜瓜果果就扭着屁股答应
一声冬
一声春
一声夏
一声秋

箱子里的秘密

每年七月天气好的时候
父亲总是会搬出一个小木箱
他小心翼翼地把箱子摆在窗台
擦了又擦后才肯打开
然后一脸虔诚地翻动着
让里面的东西晒晒太阳

小时候
我以为里面装的是好吃的糖
总想打开尝尝
长大后
我就猜测里面是写给母亲的情书
因为父亲每次打开它
脸上都有莫名的向往

又是一个流金淌火的七月
我决定偷偷打开箱子
看看里面究竟是情书还是其他什么珍藏
唉
里面只有一张手写的入党誓词
一叠走村访寨的厚厚手稿
以及一大摞"优秀共产党员"的奖状

当村支书的父亲知道后憨憨一笑：
"常常看看它们做事踏实哩
就知道该干啥，不该干啥
心里雪亮雪亮"

原来里面真的是父亲写的情书
只不过
这些情书是写给党

新 居

两千年初那个下午
破了的玻璃窗又把风放进来的时候
父亲母亲站在院坝望着村庄里那些新砖房
决定再起一个房子
母亲叹口气：好像一辈子就跟房子较劲儿了
可不是
如果再起，就是第三栋了

两千年底
三层小洋楼建成
搬了新居的父亲母亲
却常常奇怪地往旧房子跑
不管顺路还是不顺路
母亲说她的梦里都是老房子
总要梦醒后去看看才放心
父亲背着手跟在她身后唠叨：
你瞧这一丛翠竹不还长得好好的么
你看这台阶的青砖就没少一块
哎呀那个梁柱怎么有点儿漏水
明儿得用塑料布盖一盖

慢慢地
他们把看望老房子当成了日常

也会在电话里跟我讲一讲

这下好了

老房子也开始溜进我的梦乡

捉迷藏的那根木柱子最喜欢出现在梦里边

被我们姐弟摸得油光发亮

我会揍弟弟

也会给他糖

渴了就在父亲掏的山水井里

手捧起来喝个痛快

手痒痒了心痒痒了

就拿着木炭在贴着奖状的木板墙上鬼画符

还取个名字：逃跑的云朵，会飞的向日葵

会把老祖宗留下的雕花木床故意蹦得咔咔响

新房子没有木板墙

自来水一拧开水龙头就开始欢唱

席梦思也没有声音

可是旧房子就是怎么也走不出梦境

而如今，新房子也长成了老房子

貌似揣了点儿沧桑

走了又回来的我们

磨磨蹭蹭

不过是不舍旧日时光

山　歌

好久没唱山歌了
主要是没有地方唱
遍地水泥森林
不像湘西
随便站一个山疙瘩
都能吼一个荡气回肠

关键是山还能呼应
春天的山茶花是山歌唱开的
一根草管子对着花蕊插下去
哧溜一声
满嘴都钻进了蜜汁

山歌还能唱给那个人听
阿妹我在山上看花开哦
阿哥你从山后悄摸摸地来
走路你要看脚下哦
莫被刺扯住了走不脱

渡口·渡船

撑渡船那个人
阿妈让我喊他舅公
舅公并不是随时在渡口的
手圈在嘴巴边吼一嗓子"坐船"
他就会撑着竹篙慢悠悠地冒出来
有时候是从浓雾里
有时候是从河湾里
待人坐稳
等各式瓜果蔬菜
也在渡船中央的一溜儿背篓里站稳
舅公就会将竹篙在河岸边用力一点
船又晃悠悠地渡到对岸去

没有救生衣
没有船篷子
太阳云朵月亮星星雨滴都挂在天上
也荡在河水里
坐在船舷上能摸到河水的冰凉
一条船坐多少人全凭舅公预估
他一边留意渡船吃水的深度
一边严肃地指挥
左边船舷坐多了就喊到右边船舷去坐
都多了就喊下船等候

奇怪的是居然从没有人争抢
也没有出现安全事故
人们讨论天气讨论河雾讨论菜价
不会水性的和会水性的都融洽怡然
有舅公在，他们放心

舅公从不参与讨论
他只专注他的船
当满船的人和背篓都下船之后
他会不经意地笑上一笑
掏出烟袋
蹲在船头认真地卷一支烟

如今，铁索木板桥架起来了
通车的大桥也修好了
据说舅公却仙游去了
一起仙游的
还有他的渡船

夏日拂晓

把那些毛豆丝瓜卖到菜贩手里
阿妈阿爸已经在菜市场转了一个来回
田大叔打鱼已归
在门口和阿爸阿妈聊着他昨晚的收成

褪了毛的公鸡在水盆里待着
再也不能打鸣
露珠在田野里的一众禾苗尖尖上摇着风铃
遛弯的曾爷爷咳嗽一下
甩出两句山歌
惊得邻居家刚出生几天的娃娃
嘹亮地嚎了几声
没来得及退走的月亮保持了寂静

这个拂晓
有生命沉睡
还有生命苏醒

我是不一样的花朵

我有点儿不屑现在小孩子的玩具
什么变形金刚可爱芭比
哪有一点儿比得上
阿爸给我削的威风凛凛的大刀
以及那平时和小卫士一样站着
耍起来却呼呼生风的红缨枪

他好说歹说
让阿妈赞助了陪嫁的一块红绸被面儿
仔细地剪了做成穗子
又嫌自己剪得歪歪扭扭
哄着阿妈二次加工
不懂刨子锯子锤子凿子怎么用的
就和懂木工的二叔天天切磋交流
到最后好脾气的二叔都对培训失去了耐心
"要不我来吧"二叔讲
阿爸却说什么也不干了
抱着一堆木头跑回了他的工具房

可能有十天，也可能半个月
大刀、红缨枪终于有了模样
红绸穗子没有风也能舞出一道流光
他还在上面用毛笔书写拓样

认认真真刻了我的名字
又小心翼翼地描上红漆
反复打磨
反复端详

大伯凤姑英婶儿却开始笑他
"女娃娃么像花朵一样你准备啥子大刀和枪"
阿爸很骄傲地笑着挺了挺胸膛
"我女儿是不一样的花朵
老子当过兵，她当然得会耍刀枪"

后来
后来他那不一样花朵的女儿
扛着大刀红缨枪和小伙伴们
在湘西热土上的某个村庄
硬生生把童年演绎成
高山雪原的哨所
冲锋陷阵擒敌拿寇的战场

小家伙们比课堂上更早知道
五星红旗，钓鱼岛，天安门，黄继光
当然也有声音很快滋长
"当兵去，当兵去"
小小孩童们大大的心声
蹦蹦跳跳出现在
倒映着吊脚楼的天空上

等不及春天

大冬天，火炉滋滋蹿着火苗
蹿出一串又一串温暖的光
小侄女讲她姑姑穿得像粽子
然后又一脸无害地讲
她三伯伯家有条宠物狗叫小粽子
在她的眼里
她姑姑和狗一样可爱

小侄女开始翻箱倒柜找她的花裙子
一点儿都不尊重呼呼烧着的取暖火炉
她讲玫瑰花都开了呀桃花打了花苞
她讲春天已经等不及了

不远处的小河在烟雨里有些情绪
一条渔船载着两只鸬鹚神秘地驶过
小鸭子开始试着洗澡
春意呢
是藏在那些倒影里的吧
等着阳光
有一天猝不及防地吻开涟漪

好一些油菜花

有许久未见了吧
那些簇拥在一起的金黄色面庞
那些小小的带着浓香的花朵
未回时，听娘亲唠叨它们绽放时的盛景
回时，它们已经变成黑褐色的小小种子
沉默在谷仓

风碾碎乌云用墨色描画村庄
紧接着呼啸而至的是裹挟着花香的雨滴
他乡偶遇的油菜花竟然和故乡的一样黄
不由自主就虔诚起来
小心翼翼地穿行在田坎上
小心翼翼地深呼吸
小心翼翼地抚摸那些花瓣儿
小心翼翼地跟着蜜蜂奔忙

小草相当配合
很快在靴子上调皮地留下痕迹
有些难看却看起来亲切
裙裾和着花香飞扬
仿佛还是当年那个
如今日般追逐蜜蜂的孩子
还是那个有着金灿灿梦想的长发姑娘

仿佛世事不曾变迁
娘亲未曾白发
南来北往歇脚雁
还在吊脚楼上唱

他日归来
饮茶东篱可好呀
喂，那个少年郎

你会遇见什么

不管什么季节
你会首先遇见一条叫作"酉水"的河
河里总有一群鸭子
总有三两条小舢板船和三两个打鱼人
从桥下悠哉悠哉地穿过
在去往中南村的路上
小车一年比一年多了起来
摇下来车窗大声喊你的
都是你梦中的熟人

"包子馒头卤鸡蛋"
你会遇见蹬着三轮车大声吆喝的小贩
会碰到卖桌子凳子椅子锅碗瓢盆的大叔
他们会熟络地找村民们讨口水喝
然后站在院子里天南地北的聊会儿天
你还没走出一块田的距离
他们的小小生意就边聊天边谈成了

一路上总有人喊你
乡俗俚语让你笑得合不拢嘴
高跟鞋开始有了中南村泥土的气息
那些曲线妖娆的田埂
大大方方铺展开来

十个脚趾头瞬间想起了青草缠脚的麻痒
蠢蠢欲动又迫不及待

你可不想坐顺风车
想着能碰到飞扑而来的大鹅
和大鹅卷起的灰尘
它们会覆盖住过往
覆盖你披星戴月的客衫
那些弯腰劳作的农人
极有可能会唱几句山歌
和着"嘎嘎"的鹅叫
顺便惊醒以为还在旅行的行囊
顺便让你想起
你也是这片土地的主人

那片田野

要怎样描述
那片从小看惯的田野呢

我看见秧鸡总是悄悄地在稻田里散步
哪怕蜻蜓偷瞄一眼
也会惊得眨眼间躲入稻花深处
因为你结在禾苗上的家
镰刀舍不得割下来

我听见了种子成熟的声音
和你生的孩子一起成熟
我所见的这一片阳光
我能触摸到的这些雨露
都愿意与你分享

我猜父亲早早就和你密谋了一个大动作
要把这黄灿灿的金秋都坠在枝头
母亲打扫干净的粮仓
前几天刚可爱地张开了嘴
你有点儿喜欢那个老是笑眯眯的
时不时给你撒点儿谷子的老太太
这两天去看了她几回

你想等到老太太簸谷的时候再走
那时可以顺便遛遛鸟娃娃
至于那个临时搭建在禾苗上的家
前几天和秋风一起不见了
好在孩子们已经可以跌跌撞撞低飞奔跑
不见了就不见了呗
又不用村里开证明
随便选个风水宝地再建一个

嗯，明年秋天再来时
是整整齐齐五只秧鸡呢

木风车

揭开老屋木风车上的油布
像揭开尘封之门
木风车老了
是和童年一起老去的
又仿佛一点儿都不老
还是那样的木纹路
和童年一样清晰

当年飞扬的谷壳和米糠
早已经保持安静
手摇的铁把手还油光锃亮
争抢的手却不见了
风车口开始呼呼地吹着风
一只飞蛾从里面蹿出来直奔灵魂
嗨，你想我吗

有泪抑制不住滚落
我想你晒得黑亮的面容
我想你那一双拥有灵动眼珠的眼睛
我想你东倒西歪的头发
我想你飞速摇动风车把手的小小手指
我想你腼腆笑着说：
你的花裙子在风车口转得可真好看

啊，如果
放一张你的照片在风车漏斗口
你讲
我会不会再摇出一个你来

只会烧火的父亲和只会炒菜的母亲

我见过最专注的眼神
是父亲的
他在灶孔里一边认真拨着柴火
一边认真看着炒菜的母亲

我从来没见过父亲炒菜
母亲讲他只会烧火
家里的灶台都换了几茬
炒菜的人永远是母亲
灶台后烧火的人永远是父亲

母亲不喊父亲炒菜
父亲不喊母亲烧火
他们用最默契的方式过最平淡的生活
母亲的灶台就是一方舞台
父亲闻惯了柴火的清香
也看惯了母亲拿着锅铲表演的模样

神奇的是
有父亲这个忠实的观众
母亲都不用彩排
表演也从没有失过手
她炒出来的菜总是喊父亲先尝

父亲会拍拍手从灶台后站起身
脸上写满了金牌评委的傲娇
母亲就眼巴巴地瞅着他把菜放进嘴里
眼巴巴地瞅着他严肃认真地用老三套打分
先小口试一点
然后大口吃完
再然后作深思状点点头：要得

偏偏母亲次次都很得意
那些欢快燃烧噼啪作响的柴火
如同帮父亲助力的赞歌
母亲就笑啊
直到笑到皱纹终于刻进了额头和眼角
笑到白发覆满青丝
笑到两个年轻人都变成了老头老太
他们还固执地霸占着那个地方

怎么能让位呢
他们的柴米油盐在那方小小的角落里呢
那小小的角落里
有他们浓淡相宜的烟火时光

土地成了亲人

是一种习惯
不管走在村中哪条小道
只要是清晨
都要随手拔一根嫩绿的草茎衔在嘴里
像那些漫步着随意叼取青草的牛羊一样
像那些戴着草帽蹦蹦跳跳的牧童一样
清甜的草香混合着快乐一起溢出来

我是见过父亲叼着草茎的
那青草在他嘴里可以有着自由的灵魂
一忽儿上一忽儿下一忽儿左一忽儿右
有时还会嚼巴两下
无比满足地在晨风里眯起眼睛

我也见过母亲扯下草茎
缠绕成指环
甚是得意地对着阳光翻晒手指
然后趁我和太阳都不注意的时候
轻轻咬一口叶尖儿
笑成一个少女

之后我又发现邻居大伯和伯娘
甚至和母亲拌过嘴的三娘娘

都有过类似行为
才知道
这是我们和土地另一种方式的亲近

后来
外公外婆
大伯、伯娘、三娘娘的长辈亲人
都陆陆续续住进了土地里
大家看着土地就更像看着亲人
土地越长越高
我们越长越矮
我们和土地的距离
越来越近

放牧云朵

我如何向你证明我是个有梦想的人
你不由分说地塞给我一条鞭子
我拿来放牧牛羊还有那些鸡仔鸭子
玉米馒头啃得有些掉渣
鞭子都不用扬起来
它们自会乖乖吃着草和草籽
野棉花摇曳着
没有看见我手里握着的折叠小船
它们喝水的那条小溪
流向天边的云朵
心事被云朵慢吞吞地抽丝造型
还被风无限拉长
跌跌撞撞抵达黄昏
又抵达夜晚
你在哼山歌呢
用青蛙和蛐蛐儿的声音
莫名地让眼睛有些濡湿
哦，从明天开始
我要放牧云朵
好在你的视线里自由地来去
让雨尽可能饱满
让草尽可能地多开一些花
让你立在田间地头的身影
不再那么孤独

橘子的诱惑

如果不是篱笆上
溜进来几个橙色的橘子
它哪来那么多诱惑
整理枝条的大叔笑得见牙不见眼
一眼就看穿了我的心思
"来嘛随便吃，没得事"

我却想起胆大包天又狗怂的童年
也是这样的橘子
也是这个大叔
小伙伴们顾不得捂紧口袋
在田埂上鸡飞狗跳惊慌失措地奔逃
他不带喘气地追了我们几里地
最终，橘子没熬住颠簸
从口袋里咕噜咕噜滚落进草丛深处

大叔见状，不追了
小伙伴们泄气又失落，不跑了
他叉腰瞪着我们
我们倔强地埋着头不吭声
后来还是他没忍住
用手指着我们虚张声势地警告
"再来？再来就打死你们"

那背着手离去的背影
一点儿都不像凯旋的将军
这场为了几个橘子发生的
你追我赶的"战争"
谁也没赢

如今大叔俨然已经忘了
我却还记得
或许有一天我也会忘记
也会宽容地对着阳光微笑
赞美每一个成熟的橘子
爱每一株草
爱每一个人的年少

除了喝酒

你其实一直记得那会儿的月光
那会儿的月光
和十三四岁的少年眼睛一样晶亮
也记得那条坑坑洼洼的大马路
还有在那条马路上深情演唱的歌曲
至于跑没跑调儿
你已经选择性遗忘

在那条大马路上
大家无数次提到远方
怎么能动不动就提到远方呢
莫非远方才装得下梦想
即使远方有从来没见过的
辽阔草原和汹涌海浪
少年们依然把手揣在裤兜里
学着大人一样深沉地发问
"不会分开吧？我们"

然而风带走了蒲公英一样的孩子
即使后来久别重逢
却再也讲不出那时知己的话语
那时的歌也唱不出口了
夜只好尴尬地关上了望远镜

头顶上的云朵三三两两地飘落
月光叹息着
"原来仅仅只是月光啊"

当然
除了喝酒

小山村的快乐

趁着夕阳吻着山峦
云朵魔幻演变
一会儿小动物一会儿糖果
小侄女、小侄子、外甥女
嘻嘻哈哈在霞光里蹦跳
小侄子跳得最高
他告诉我他拽下来了一头羊
小侄女和外甥女羡慕了
蹦跳着把手使劲举高凑近云朵
大喊着
"哎呀捉到一只兔子"
"哎呀抓到一个贝壳"

紫色的小野花上面
蜜蜂练起了瑜伽
高高低低的楼房里
被感染的灯火弹出窗口
混进了七彩流光的晚霞
小花猫悠闲地踱着猫步
"小虎小虎——"
有邻居在喊娃娃

阿妈端着一簸箕红辣椒进了堂屋

小侄女讲她阿婆端走了最红的云朵
小山村的快乐
有什么能够替代呢
哪怕乐呵呵交换一碗油焖土豆

"请席地而坐，来聊会儿天"
听见青草柔柔地喊
枞木凳子哼了一声
将四条腿儿扭到一边

兜里揣着月光

从小
我总是玩一些女孩子不玩的新花样
比如大刀比如弹弓比如红缨枪
然后和小伙伴们打仗
把阿妈陪嫁的红绸被面儿撕了当旗帜
攻占一个又一个草垛
滚成泥猴儿时
让所谓的红旗和巴掌一起飘扬

我会用笋壳做成小船
会用泥巴捏仙女和老妇人
会把松果和野菊花粘成画
用鹅卵石在沙地里做篱笆
篱笆里边
扎一个老枞树皮做的小房子
开一扇小小的窗
一只小兔子趴着
窗外边挂一颗小小的糖

还喜欢把奇形怪状的石头捡回家
央着阿爸用水泥再组合一幅山水画
虫虫唧唧叫的时候
就咬着笔杆写一些奇奇怪怪的文字

也没指望别人读懂

在无数个黑夜里

那些文字

是揣在兜里的月光

和油菜花一起怀念

不明白为什么
十来岁的小娃娃
一定要在油菜垄里读那些诗行
无非就是觉得那些长短句子
必定要找一块芬芳点的土壤
无非就是觉着非得静谧的环境
才能还原诗人的想象
两颗扎着马尾巴的脑袋
还有节奏感地一晃一晃
头发上
金黄色的花瓣和蜜蜂一起停驻
诗行沾着花香

麻雀成群结队的
从头顶那片天空飞过
又在不远处的电线上排排坐
抑扬顿挫诵读的声音
竟不能惊扰它们分毫
或许也和我们一样
想憋出几句自己的诗行

太阳变得有些斑驳
独眼的刘老师大声喊着我们的名字

钻出油菜垄的我们向他奔去
炫耀着那偶得的句子
他笑眯眯地听着
稀疏的头发高兴得有些反光

您，还好吗

密密麻麻的油菜花
早就按不住那些诗句了
现在它们都朝天堂涌去
刘老师
正是您住的地方

卖栀子花的阿妈

菜地里的菜卖得差不多了
阿妈决定去卖花
院子里的栀子花挑最好看的摘下来
每五朵一小束仔细地扎好
满满一篮子莹白的花朵
香气弥漫

篮子是竹篮
方便栀子花整齐列队展示自己
再盖上一块润湿的透明纱巾
栀子花就像敷了一层面膜
朦朦胧胧，水润润的
一如少女动人的脸庞

临走，她还掐了一朵别在发间
白色的头发立马有了玉的质感
原来青春真的可以走了又还
阿爸左右端详
"嗯，和年轻时一样好看"

栀子花还没开始卖呢
阿妈就笑得直不起腰来
满篮子的栀子花左摇右晃

笑眯眯的眼睛
活脱脱一个卖花的小姑娘

爱
情

初 遇

那一日
你的眼睛讲着故事
手抚着琴
优雅得像个王子
每一个眼神都像多情的魔盒
眼见那些纷扰的尘埃散去
从窗棂透出一些光来
是倾诉给我听吗
好想只是倾诉给我听
想你
轻抚我发解我半世情结
想你
执我之手宁我半世狂躁之心
想你
赐我一朵解语花
让我懂你
蹙眉何故
凝视何故
抚额何故
欢笑何故
真的
我愿为你
在他人面前敛目

敛去所有光华

只在栖息你我的夜空

绽放成星星

嘘

请让我覆你之唇

作别流离失所的心

请让我转动经轮

尽一个匍匐在地信徒的虔诚

我知

无论多少次叩首

都是想

许自己这样一个你

许自己这样一个夏季

许自己这样一个唯一

许自己这样一个

前世今生

期　许

游着车河

熬着白天和黑夜

隔着汽车玻璃

你连我眼里的风景也看不见了

不甘心地

张开手指在上面擦出一道道痕迹

一会儿清晰一会儿又模糊不清

可以期许吗

在这一段旅程

不想错过刚好的遇见

窗外温度十度

干脆呵口气

在玻璃上一遍遍默写你的名字

有时候

玻璃里面会出现一个影子

或嘟嘴瞪眼

或唉声叹气

或固执无奈

嘘！别说话惊扰

让雾气氤氲缱绻成梦

睫毛轻颤

羽扇纶巾

那一抹想着念着盼着的笑脸

可不就在眼前
要怎样珍藏着好呢
的确可以期许的吧
期许风温柔一点
期许黑夜有光
期许平安
期许孤单不再孤单

反弹琵琶

散开高挽的发髻
轻脱尖尖的绣花鞋
我要赤着脚丫
在那株盛开的花树下
弹弹心爱的琵琶

圆月在树梢笑颜如花
洞开的门扉却只见
那袭斗笠斜挂
唉！冤家他又在哪
驾着香车宝马

我
自认非冰肌玉骨
岂敢犹抱琵琶半遮面儿
惊吓一树繁花
还是反弹琵琶吧
闭上眼睛
想象周围都是遮风挡雨的篱笆

是的是的
看不见那飘摇的满地落英
我的心空灵得不用挣扎

琴音不再是残花
不再是凄雨
在圆月的清辉下
斜摆的腰身
随风盛开的白裙
竟暗香浮动
流泻独有的风华

什么心网什么心结
且由他去吧
冤家你错过的
岂止今夜
岂止
春夏

你赢了

突然就在一个下午隔空击掌

"好！两个月后见"

如果不是这个打赌

你以为你的世界只剩安然

你以为清晨睁眼

听到"宝贝"就是日常

你以为银河系没了

他也不会消失不见

窗外的天亮了又黑

暴雨滂沱中看不出灯火阑珊

你故作镇定地上网、看小说、哼歌

唯独忘了吃饭

沙发上抱紧双臂

心跳声再也听不出花开的柔软

突然一个闪电恐怖地打开魔盒

你才发现

原来星星不是唯一

原来真的可能失之交臂

原来忧愁可以结网

原来爱情没有网开一面

疯了一样故意咬开那舌尖上的吻痕

泪流如雨任苦痛蔓延

血水化开

那些曾经的呢喃

跺脚、跺脚

恨这天

恨这雨

恨这满屋的黑暗

看不见光看不见电

而你暗暗祈求的温暖啊

是否也云游天边

或许这多雨的四月

不适合情话吧

适合情深不知处的落寞

还有

狂风暴雨的裂变

你的生日

我是希望

故事早一点发生的

像那日的雨

那日脚下的草儿

像在跳一曲探戈

那日的吻

像星星之火

那日的雨滴

敲打声如你的琴

你其实可以早些弹奏的呀

像今天你的生日

我就可以早些唱歌

木棉树后面

蚂蚁和蚂蚁碰着触角

一朵野花欣欣然打开花瓣

春风在偷笑

你送的玫瑰

在盒子里使劲鼓掌

仿佛看到一扇门

有阳光丝丝缕缕

有个男人喊着什么

有个姑娘懒洋洋应着

东一句西一句哼着"生日快乐"

然后给他挠着痒痒
有一搭没一搭地聊着这让人困的春天
又转头
傻傻笑着

暗　恋

那时只敢偷偷地看你
看阳光洒在你的身后
那时也只敢害羞地笑
若你能不经意也看我一眼
顿时觉得
阳光里的微尘都在跳舞

暗恋怎么是这样一个东西
一忽儿山明
一忽儿泪流
一忽儿水秀
一忽儿白头
沙发上放空也不能让你消失分毫
心里堵到连呼吸也失去节奏
恨不能化成一缕香
在你左右萦绕
而在你看不见的地方
光阴正一寸寸溜走
无数良辰美景虚度

你是否知道
我多想是横陈你膝前的琴
平淡为你

华彩为你
每一根弦为你
每一个音为你
你弹奏　我低诉

如今只能眼巴巴地活着
假装经过每一个有你的地方
既无力又斗志满满
像一个矛盾的怪兽
提心吊胆穿过丛林
又提心吊胆期待春天

心里的风声

你突然闯进我生命
是我疏忽没有关好寂寞
我万分可疑地笑着
软软地喊你
小生你请坐下喝杯花茶
别管那从树上滚落的紫荆花

蝴蝶来了又飞去
呼吸像咏叹
歌唱像絮语
你可读懂
我心里的风声
我们手拉手横过大街穿过小巷
吃着冰棍惊喜得像个孩子
落叶搅着雨水与笑声混合
时而仰头时而低语
像一幅流动的好看油画

没有灯光的夜晚像一部经书
有些莫名的祥和
可以听你吟唱《情网》
清晰敲打每一个角落
那一字一字一句一句

丝丝缕缕
像你胸膛可触摸的脉搏

唉
才一会儿不见呢
又开始泪眼婆娑

这样一个夜晚

这样一个夜晚

我依然记得年少时的那一次心跳

我依然记得那一次浮尘的燃烧

我知道我来的时候

每一颗星星都长成了星星的样子

即使山河

也早已妖娆

而这座叫作花城的城市

玫瑰更是开出了现实的焦躁

少年，即使这样

我还是想一笔一画地写你

写进暖暖的阳光

写进绵绵的雨里

写进你每一声宠溺的叮咛

写进我每一次赖皮的撒娇

突然就有些新愁

愁这早春

哪有一种新绿能够配得上你呢

田野积攒了一冬的清香突然炸开

油菜花还在开与不开中思考

你金子般的笑容和口罩一样有了弧度

窗外那些我们到过的地方呀

是否
所有风景无恙
所有生命无恙
是否有了虫啾
是否有了鸟鸣
是否也和我一样
期待一场奔跑和拥抱

少年，这样一个夜晚
我
心跳

我们是签过协议的

我一再控制我的脚步
假装不知这个城市的距离
我也不去想象你院子里的那棵树
它是落叶还是花开还是新绿
我亦不去想象你阳台上的茶香
不去想象你执壶的样子
夕阳下如何斑驳华丽
我更不去想象你那沙发的柔软
害怕一不小心旖旎成媚骨的慌

我清楚
梦，自己带着翅膀
转身就会飞翔
你可知道
我悄悄揣你在心里
捂出了喜鹊的欢叫
然而我啊
只能流浪着流浪着
变成你窗外的白月光
眼见着安静
实则潮汐汹涌
得跟自己较多大的劲
才可以说服自己

说服自己优雅地跌碎在门外
门外，没有你的梦乡

我宽容了你的星河
却为难了自己的彷徨
死死摁紧的胸口
疼痛如浪起伏
我们是签过协议的呀
在那个细雨的秋天
誓要活在你的手心里

眼泪是怎么都止不住了
那日的雨
我再也没有见过

拍　照

落日余晖照在脸上

有风拂过睫毛

不燥

你歪着脑袋寻找着角度

咔嚓一声

我赶紧将酒窝灌一朵笑

可惜只敢偷偷看你

你却看不到我躲着傻笑或者哭泣

会满心欢喜躲着慌张写信

最后又胡乱涂掉

想象着你的缱绻

熬过了那些数不清的白天黑夜

勇气却还是只敢在梦里游弋

你让我提起裙摆再转几个圈圈

弯腰看着相机

相机又看着我

哎呀真好

你瞧呀

地上有你的影子

影子里有我

只是不知

你是否看见

那漏掉一拍的心跳

这八月
这八月
真好

还给你

起始
初见像四月的绿一样跳跃
我小心翼翼捧着
像捧着一场盛筵
多年后那场八月的雨是唱着歌的
叮叮当当敲在心坎儿
似大珠小珠落玉盘
你的眉眼像极了风的温软
我们把情话用树叶写好挂在山涧
太阳和月亮扔在一边
水珠溅出五彩斑斓
连石头都酝酿着喝醉
耳朵旁
是果实成熟的清甜
然而起雾了啊好像那落花的变幻
我想要见你
你再不怜悯
我想这是不是只是我一厢情愿的荒诞

爱情怎么像颗刺球呢
在心尖上扎来扎去
我只好祈祷它轻柔些
否则还会撕裂骨头

还有
我要站远一点
痛，也不给你看
把这里的灯火还给你
熙攘还给你
荔枝芒果还给你
这里的雨声也还给你
我就带走我
也可能再也带不走我

从此眼眸里的烟火沉寂
千里路远
那一年
没有输赢

看电影以后

电影

是最真实的梦

那些相聚和别离

偶尔

也得用泪水碰触

人潮汹涌我只看得见你

一步三回头的时候

你并未见

我眼里的凄惶

忍住飞扑的脚步

偷一朵笑颜

想挥手

不舍却在指尖倾诉

转身的落寞

在站台乱窜成冰冷的语音播报

你读懂也好

你模糊也好

列车来的那会儿

我听见列车

呜咽着　哭了

我 爱

阳光下你张开双臂
像一对大大的翅膀
我握着一把野花冲过去
像投入辽阔大海的石头
风是那样轻柔呀
那一片青草地旁
我闻到风月的芬芳
一棵树在旁边怔了很久
直到我把笑声串成风铃挂上
快乐摇响了一路
多年以后
你是否还记得
我的酒窝
我的不顾一切
我的心香

月亮下你看着我
黑眼珠像火光一样明亮
我窝在你温暖的怀抱
像只可爱的猫咪
夜是那样的寂静呀
那一片蛐蛐儿的叫声里
车窗外的月色有点儿白

爱情被你悄悄捻成种子
播撒在另一个时空
多年以后
你是否还记得
我的心跳
我的义无反顾
我的模样

你在哪呢
当年的疤痕已经长成了"勿忘我"
夜夜盛开在故乡

如果可以

如果可以
我要在沙漠边盖一座房子
用仙人球做成长长的围墙
还栽上两棵沙棘
让它在沙海里快乐的生长

如果可以
我还要把房子变成他悬壶济世的药房
他是大夫
为辛苦的牧民疗伤
我是他的爱人
用一锅简单的米饭
温暖他被风沙吹痛的胸膛

如果可以
我要让我们的院子无限地接近雨
就倔强地做两件事：
爱你，生儿育女

今夜，请你陪我跳摆手舞

若一定要哭
也不是今夜
月色和芭蕉树多么温柔
把一次又一次来试探的眼泪哄回去
今夜
我只想请你再跳一次摆手舞

把火塘里的柴火拨亮
摆上我们曾无数次击打的
如今有些掉漆的鼓
换上绣花摆裙
轻描眉，淡点唇
唱一支摆手歌
温柔而礼貌地
向你伸出邀请的手

亲爱的阿哥
明天
你将只为他人守候
总要有个什么仪式
来作别曾经的永久

来，左脚

来，转圈
来，摆手
谈什么歉疚
说什么忧伤
过去的过去为什么要忘掉呢
就像此刻堂屋里的火膛
依然烧得很旺
那些曾经的悸动
曾经吹响窗前的竹哨
那些洋溢着快乐的狗尾巴草
那些野蔷薇铺满的山头
那些
雨中石板路小巷子里的奔跑
都值得今夜一起摆手
"点咚，点咚，点咚"
阿哥
鼓点仍然动听啊
快来，一起跳舞

亲爱的阿哥
从此幺妹我住在十三寨
阿哥你住在酉水河
酉水河分两端
再勿泅渡

阿哥，我恨你

阿哥，我恨你
在李花白桃花红的时候
我恨你对我说：我爱你
当天边最后一抹晚霞
被我偷了作腮红的时候
阿哥，我恨你
我恨你在青蛙的偷笑声中
牵了我的手

你真的没听见吗
没听见我如鹿撞的心跳
没听见我一直沉睡着的
心的欢唱吗
阿哥，我恨你
我恨你让我的思绪从此为你游走
当我一点点消瘦时
揽镜自照
你还在我刚刚描好的眉头

阿哥，我恨你
在稻谷香柿子红了的时候
当雾笼满山涧
我恨你用路边花串成的项链

用狗尾巴草做成的指环
在枫叶的轻歌曼舞中
就这样让我答应相守

从此除非不相思
相思便愁苦
我恨你，阿哥

沙漠里的鱼

你说你那里不只有仙人掌
还有无边无际的沙和毒毒的太阳
你说我是鱼
只适宜在如水的江南生长
你说让我忘了你
还说长城万里
就是为阻隔我相思的目光

我是鱼么
我是鱼
可是你不该
在江南多雨的初夏
款款撑伞而来
更不该用你火热的沙漠热情
融化我沉寂在江南的冰霜

如饮醇酒
又像中蛊
千万里的尾随
只看见若隐若现的路
那是远古栈道么
果然人踪杳杳

别
别用那样忧伤的目光看我
认定我是扑向死亡
爱情的力量
早在内心疯长

我要用黑纱暂时遮住太阳
待爱如潮涌
呵呵
我已不怕
我这条固执的鱼
早游在爱的海洋

坐大篷车的新娘

用玫瑰花瓣撒满浴缸
再柔情地点上两支熏香
我要好好地沐浴
做你盼望已久的新娘

我想你定然是
定制了一辆好漂亮的婚车
那上面彩绸飘舞
玫瑰花灿烂怒放
而那火红的花丛中
还有一男一女两个天使
展着翅膀在愉快飞翔

天啊万万没想到
在巨大的马达声中
一辆大篷车飞驰而来
车窗里是你明媚的笑脸
而那大篷车上
竟是各种野花怒放

你说
我只有一个小小的房子
喜欢无目的的旅游

没有丰厚的财富
只有一个满载爱恋的大篷车厢
我的仙女可愿意
做我大篷车的新娘

噢　噢
快乐涌来
泪水涌来
我怎么能拒绝
这么幸福的诱惑

约 会

在月亮偷懒的这个夜晚
我用口红在唇上描了又描
为的是
要让平淡无奇的唇
在黑夜里燃烧成
燎原的火苗

然后用猫的步伐
轻掠过母亲的卧房
好犹豫呵
关紧门怕碰响了惊醒母亲
虚掩门儿
又怕她听见
女儿扑通扑通心跳的声音

哎呀
还有这吊脚楼的楼梯
怎么九曲十八弯这么长啊
还有还有
这绣花的土布长裙
让我那么想奔跑的脚步
变得如三寸金莲般
步步挪行

啊终于听见"布谷"的叫声
可是
还没等最后的几步楼梯行完
还未等脸儿尽染红晕
妈妈的声音却突然炸响
"站住！这么大的布谷叫声吵死个人，
你哪也不许去，这半夜三更！"

盛开的笑容

那年夏天
满塘碧荷
你是撑了哪一支而来呢
给我那骚动不安的心
一片沁人心脾的阴凉

唉，更要命的是
那绿色华盖下你灿烂的笑容
让我一度只看到灰色的眼睛
如蓦然欣赏到
满塘荷花在眼前绽放

那是笑容吗
不不不
那是天使调和了所有祝福
作的一幅画
要不怎能如此生动又流光溢彩
让天地也失却颜色

于是于是
我惊讶地听见
在你盛开的笑容下
我曾经失落的梦
也乍然盛开的声音

那两个字

总想启开红唇
把那两个字
化成最动听的声音
好在你耳边轻轻地呢喃
让你的心海
只有我的身影

可是傻瓜你问我
那两个字是哪两个字
红了耳朵红了双腮红了晚霞
那两个字
讨厌
我还是说不出它的名和姓

于是我们只好
眼睛望着眼睛
让心思剥去所有外衣
而那两个字
却害羞躲藏
无迹可寻

突然好困
相约着把眼睛

关闭在心门之外
在梦中只有你和我的花园里
那两个字成了
摇喊心儿的风铃

一个无法抵挡的梦

你的目光
当真是世上最温柔的剑
我纵使浑身甲胄
它也能直逼我的心门

你的声音
更是世上无双的魔音
我动用所有的意念不去听它
它依然一波一波地撞跳我的心

干脆躲着吧
无用
再坚固的城池
也抵挡不了你绝世的笑容

看
断砖残瓦早跌落纷纷
缺口处
侠女我含羞带嗔
弃械投诚

我等候你

我等候你
却不愿化作你必经路旁的小花
那样眼巴巴地摇曳
有多少机会能让你采撷
我要做
就做你眼中唯一的风景
穷你一生
也要魂牵梦萦

你怎么还不来呢
我等候你
等候你的大脚
从戈壁奔向江南

此刻五月的江南
已披上梦的彩衣
吊脚楼的雕花楼台边
月亮逶迤着
泻满一地的银色

这银色流动
像极了我此刻奔腾的思念
把我的声声呼唤串起来吧

串两个风火轮
把我的缕缕思念拢起来吧
拢一朵你脚下的祥云

当然
等你的时候要矜持一点
假装不慌不忙去找米酒
假装一不小心
酿成一杯经典诱惑

我不知你来过没有

你来过我的梦中吗
为何我的梦
不曾轻波微漾

你经过我的窗前了吗
为何窗上的那只蝶
还在静静沉睡

你吻过我的红唇吗
为何红唇开成的那朵花
依然完美无缺

那么
你翻过桌上的那些照片了
可曾看见那些笑颜上
泪痕重叠

你来过吗
我问梦儿
你来过吗
我摇醒蝶
你来过吗
我轻抚镜子中那朵红唇花

无语

哦树梢

独留那半弯残月

问 秋

初见红叶
枝头起舞风作曲
再见红叶
迷情斜阳几回醮

我常常想象
我们相聚的情景
会怎样激动得
连漫山遍野的松树
都跟着乱摇

想象那刻在枫叶上的情话
又怎样
让多姿多彩的秋天
也黯然失色

而如今这深秋
疏林流云
无有信来
满天飞舞的落叶中
不见一个字迹

莫非你不曾

用秋霜为墨秋风为笔
亦找不到脚印盖章
只是怂恿秋天
在我这里打了个转

爱只剩遗忘

我离开的时候
你在我背后冷冷地笑
什么生死相随
不过是你一时兴起的玩笑

那一刻
真有无以言说的悲凉
不爱就不爱呗
何以你送我的那串风铃
也跌碎在地上

唉你瞧篱笆上的牵牛花
忘了吹喇叭
还有老跟在你屁股后面的小黄狗
闭着狗眼
再不瞅着我"汪汪"

几句话最终碾碎在喉咙里
谈不了亲情
亲情早已死亡
谈不了爱情
爱情在向云端逃亡
连相识也谈不成

可能也埋在某个角落里
成殇

为他开一朵红伞花

你撑着红伞
在那石板桥上站了多久呢
不时踮起又放下的脚尖
让那小小的绣花鞋
弯成了两只小船

真是船儿多好
你就能摇了船和他去逍遥
河的尽头在哪呢
你才懒得管它

可是那磨人精在哪
他可知
这红伞是为他开的花
跺脚叹气又摇头
那个"死鬼"可一点不像瘦弱的许仙
这红伞
可能装不下

幸 会

想你的时候就去看你
踢踢踏踏徒步十里路
一路素描也有写意
一只小虫子
对这尘世的偶遇充满了欢喜
欣欣然开成了一朵白色花儿

太阳挂在屋角上
鱼躲进水草里
蕨菜闯进眼睛
花爬上了墙
一杯绿茶和一棵长满新叶的树
兴奋讲着听来的传奇
早春的泳池反而有些寂寞
春风很讲义气地来作陪
池水涌出一朵浪花
有些悲喜交集
排骨讲"好久不见"
请我吃了六大块儿
你迎着风开着车
衬衣鼓起
头发飞扬
我在车后座上跷着腿

总有一些美丽的遇见

回眸时

我们笑一笑

幸会

这 雨

这雨

哎呀这雨

突然就想起

那些婉转在舌尖的情话

是写在那似练的瀑布上的么

还是刻在那石壁

哎呀

纠结中

那把花伞怎的就落下

听不见蝉声

也不见蛙鸣

竟感觉

每一朵雨花盛开的都是你

每一片叶子都是火一样的颜色

每一株小草都跳着舞

每一颗石头都哼着歌

心中好像有彩虹

情不自禁

做了你怀抱的琵琶

在这山涧

在这天地

任你弹奏

什么聒噪

且不管它

只愿琴瑟和鸣

道一声不负韶华

其实

不懂为什么秋天才写成故事

不明白永久为什么不能永久

只是那一日

在那绵绵细雨中

心事被惊扰成夏

我看着你沉睡

就在我的面前
你那么毫无防备地睡去

你的眉毛怎么打着结呢
是为我即将久别而担忧吗
请让我轻轻抹去

我的手抚过你短短的胡须
调皮家伙
你经常用它扎我的脸
这一刻
胡须变得温柔

看着你沉睡
有些不知岁月变迁
外面是我们最喜欢的万家灯火
那些温暖的窗
让我们总想守护什么
你微启的嘴唇
是要叮嘱吗
哦别担心
只是去高风险地区做志愿者
我保证武装到牙齿

睡吧睡吧
我听着呢
你梦中的呢喃
坏家伙
你可只许叫我
一个人的名字

用视频谈个恋爱

这个时候是不适合出门的
大家都戴着口罩
连太阳的巨目都看不清脸上的斑点
经过小巷的时候
一条黄狗与我对望
它莫非也在猜想
对面那个人是否健康
我本能地掏出手机想展示绿码
它摇摇尾巴跑了开去
估计
它把手机当成了石头

这个时候
连送别也不许
爱情关在这个城市里较劲发芽
"共克时艰"不是一句口号
白衣天使和广大志愿者正在挥汗如雨
如果有爱情
也用视频谈吧
手机里早开了名叫"爱情"的网课
学员只有你和我
要记得记个笔记啊
病毒灭了的时候搞一个总结发言

也许那时候的爱情
会上升到另一个高度

我要见你

我要见你
在这多情的春
尽管春有薄愁
在那遥远的海
趁海温柔

我要见你
不惊动流云
不惊动小草
甚至不惊动阿妈手做的裙子
我和湘西的雨一起来

我要见你
或许可以
悄悄带一壶阿妈酿的米酒
油纸伞找不到
就戴上阿爸的竹笠

都说雨是悲欢离合
但是湘西的雨是婉转山歌
湘西的雨多
许多美好的际遇都逢在雨里
我要见你

等你喝着阿妈米酒的时候
就给你
讲一个故事

大约这样

总觉得土家族人的情话
都和山歌一样滚烫在喉咙里
只要唱上几嗓子
连吊脚楼都听得懂

几千里之外
每天早晚在出租屋和公司之间奔波
山歌一样憋在喉咙里
只不过，吐不出去

谈恋爱也是可以的
用土家族之外的语言
几次三番觉得言不达意
用土家土语土歌吧
可是说了，又有谁懂呢

你是一朵桃花也可能是一个桃子

从阳光中穿进雨里
又从雨里走进阳光
眼神模仿雨丝牵引成线
在彼此的思念里辗转流连

桃胶在阳光下化装成琥珀
云朵挤在一起
打从花骨朵儿开始
就在赶一个名叫桃子的节

你是一朵桃花
也可能是一个桃子
她把她分成两半
一半留守桃林
一半赴你之约

"有点儿小鹿乱撞"
她按了按心脏
眉眼升腾起粉色的桃花泡泡
有没有一张稿子可以写尽桃花深处呢
灼热的太阳开始合伙酝酿
她好像发现了什么冲你大叫挥手
小模样有些嗔怒你偶尔的疏忽

你摘一朵桃花轻轻掩她在胸间
一吻深一吻浅

风霜雨雪可能真有
可是你为她开出的桃花林就在这里呀
你为她结出的桃子就在这里呀
那些阻碍
哪敌得过她扑闪着的美丽眼睛
哪敌得过你赶在乌云来时
云淡风轻的演奏

你看那阳光化了个桃花妆
在云朵拉起的帷幔后
等着走秀

想

有了旋转楼梯
有了夕阳
还得在院子里放一张石桌
石桌上刻了楚河汉界
不用山歌诱惑
就宠溺地允许我这个卒子过河
放肆地横冲直撞攻城掠地

当然
如果哪天斗不动了
棋盘换成茶盘吧
什么红茶绿茶普洱铁观音
我们都慢慢品一遍
你斟茶，我喝

如果那时候
头发还没有像蒲公英一样飘走
而你还愿意轻轻地摸我的头
刘海我就还为你留着
白色的也行
一起种的山茶花更得好好养着
好一起拜访
我还要穿着你喜欢的绣花拖鞋

慢悠悠地走在晨曦或者晚霞中
慢悠悠的惊艳着平凡的日子
慢悠悠地酿着时光这杯美酒
慢悠悠的老去

还有
你还愿意弹琴给一个老太太听吗
那个老太太
时不时回头冲你笑出玫瑰一样的皱纹
正慢悠悠地踱步在落日余晖里
等蹒跚追来的你

勿忘我的方式

我觉得我需要
准确地分辨一下老屋前香椿芽的味道
或者去看看紫云英铺天盖地的紫色
不像好久不见你
我也能在空气里第一时间找准你的气息
阿妈笑"你还分得清韭菜和麦苗吧"
哦我还得去看望韭菜和麦苗

我学阿妈抬头看天
没看出哪朵云朵异常
假如是你
我能一秒读懂愉悦或者悲伤
甚至能预测
什么时候起风什么时候下雨什么时候出太阳
没有什么台风吧
不要把微雨吹成冰雹
更不要受什么高气压低气压影响

这个季节还是阳光更暖人
可以仰着脸打个盹儿
聆听风鸣
聆听心与心的对话
聆听睫毛外的风华

你看

太阳和我一样微醺起来

悄悄地

在那些云朵里不好意思地歪歪扭扭穿行

真的，有你充满电的问候吧

勿问衣物的添减

就问心里的甜今日几度

或许

还可以用红叶做一页信笺，问安

秋天的七夕

明明等了很久
却笑得毫无痕迹
"不不不，我刚来"

明明走了很远的路
却轻松得像风拂头发
"不不不，我很近"

如此词不达意
却努力学做你喜欢的每一道菜肴
不得不承认
你是这些创意里的唯一灵感

然后想象着你在来的路上
路上有柔和的风
金色的阳光懒懒地挂在你的车窗外
像秋天刚刚苏醒过来的样子

我把每一粒玉米每一颗红萝卜丁
都按心意排列整齐
让五花肉在油锅里用冰糖染上胭脂
把鸡和山胡椒焖出百花齐放的味道
阿妈可能做梦都想不到

她女儿从前最不会做的事情
如今做得如此精致

倒一杯酒
酒里倒映出我等你的姿势
写几句诗
诗里有与你一起的清晨和日暮
原来
秋天的七夕真的和你有关

想给相思找个出口

想给相思找个出口
骄傲却又让我开不了口
狠狠地折磨自己
自以为完成救赎
却不知你在彼岸伤心
我在情海苦苦泅渡
船迟迟不来
离别的列车却不曾晚点
千万次回首
也不敌欲语还休的眼眸
把泪关了又关
还是有几滴逃脱
一腔心事
终化尘土
或许这尘土里可以种上蒲公英
或者种一棵缠绕的藤
如此
要么随风去看你
要么原地痴候
如此
不管你来或者不来
疯魔如我
就都有了
想你的借口

烟火·梦·远方

你说，你叫李振声

你讲：我叫李振声
原来凡人的英雄
是一抹深蓝色的身影

在沧联社区
你是见过无数花开的
那些红的粉的紫的黄的蓝色的花
每天都用你的深蓝色
做漂亮的背景

当然
你见得最多的是星辰
有时候榕村有时候沙元有时候南兴
好像是最近的距离
却不厌其烦
走了一程又一程

家就长在最近的地方
你最熟悉的却是别人家的灯
你记得给收废品的老人端一碗饺子
对受灾群众掏钱救急
却不得不忽略家人期盼的眼神

走访、慰问、较量、智斗
你发誓你出现的地方
要把悲伤都抹去
要把黑暗都留给背影
你的乡亲那么可爱
他们都应该向阳而生

三十年从警
你让一个个乡亲挤进了你的生命
你喜欢他们熟络地喊你
你喜欢他们熟络的"麻烦"你
那些满意渐渐长成了花骨朵儿
在你心房开出了一大把美丽的声音

晨露是懂你的
你是最早轻抚它们的人
霓虹灯是懂你的
下班的路上
它们模仿你
站成了守护你回家的哨兵

累吗
远游的云朵问你
累吗
奔流的小溪问你
累吗
连勤劳的蜜蜂都问你

你赶紧按紧了一身想造反的酸痛
正正深蓝色的衣领：
那个……我已经上瘾
我　戒不掉我的乡亲

第一书记和我的故乡

镇龙村，是我的故乡
在那里，没有弯弯的山路
只有电线如蜘蛛网般纠结的小巷
在那里，没有冒着火苗的温暖炉膛
只有到处乱窜的老鼠和蟑螂
砖屋挨着土屋
土屋掉着渣土
四面漏风的窗户
一伸手就能握到对方

在那里
我不知道什么是我的乡愁
是那采光不好　台风天一来就要逃跑的破烂居所吗
还是村口那大榕树下家长里短的丝丝迷茫
是那出门就塞一个多小时的小小车道吗
还是那一方臭气熏天的池塘
屋檐下的石板不知去向
稀稀落落的星子也暗淡了星光

还好！你来了呀

你用夸父追日的勇气
用脚把这片土地细细丈量

丈量着这个村庄今天和明天的距离
测算着何时实现宜居宜业的理想
你　是第一书记
是党照进我们心头的一束光

你是第一书记
你带来了马良的画笔
你说你要带着你十四人的村委班子
在镇龙村这张大大的宣纸上
画一堆错落有致　温暖有序的房子
画一条宜业宜居的商业街
画一座风情浓郁的文旅小镇
画一个酒店名叫新龙财富广场
再让主打新能源汽车制造和新能源研发的
宝能智造中心
把批量引进项目的号角吹响

2020年那个暖暖的4月呀
你把这幅画卷一遍遍铺进乡亲们的眼眶
有人听懂
有人生疑
到最后　去的次数多了
谁家几口人　谁家几只鹅　谁家几亩地
你比乡亲们还要熟悉
如数家珍　过目不忘
释疑、签约、拆除
一栋栋旧房子推倒

一棵棵树木拔起
在漫天飞扬的尘土里
我和你一起
看到了将来重建后欣欣向荣的景象

亲爱的第一书记啊
镇龙村，是我的故乡
镇龙村，不是你的故乡
不不，它已变成了你的故乡
在这里
你的汗水已开成了无数花瓣
默默长进镇龙春夏秋冬的土壤
春暖时
果实孕育的故事
将和焕发青春的村庄一起成长

我仿佛看到了保留原貌的宗祠
看到了水清鱼嬉的池塘
看到了马路上人来人往　　车水马龙　　熙熙攘攘
看到了树木葱茏里辗转飞翔的燕子
看到了鳞次栉比的高楼大厦上
熠熠生辉的星光

我是这样的欣喜
单位就在村的那头
商业区就在家门旁
我可以走进明亮的图书馆

也可以哼着快乐的小曲
跳进广场的中央
可以是绿道上品树赏花的晨练者
时不时停下来
顺便和陈叔　三婶儿拉拉家常

"三旧"改造
"新龙速度"
生动诠释着城市更新的"黄埔模式"
用马不停蹄的方式
更新着一张张老旧的"面庞"
故乡就在那里呀
幸福就在那里呀
你看你看
天上的云彩
也兴奋得情不自禁地
穿起了花衣裳

这样一个春天

这样一个四月
暖暖的春风卷着云埔街的每一片新叶
温柔得像妈妈的手
誉品社区里
居民们遛着弯逗着娃儿
也有居民伸着懒腰
只为打一个舒服的哈欠
多好的春天啊

你仰着头眯着眼
却看到了 2020 年的春天

不，那不是春天
那是疫情肆虐下的黑夜
那是看不见硝烟的战场
那是对生死未知的艰险
你仿佛又听到了冲锋的号角
提醒你要一往无前

你含着泪帮四岁的女儿扎了个小辫子
告诉她你很快就会接她让她先去外婆家玩
一个口罩遮住大半个脸
你偷偷把睫毛扎成困住情绪的栅栏

然后努力地对着女儿笑
体温枪握在手里
转头你就将这句承诺抛在一边

三千七百五十四户人家
你得和你的五个小伙伴一起
一户户登记一户户摸底
脚印叠着脚印
冷脸叠着笑颜
最近的路却走出了
二万五千里长征的距离

方便面是真的方便
你已经忘记了什么是"饭点"
你更没空想那个四岁的小女娃了
社区里的白皮肤、黑皮肤、黄皮肤
齐齐挤进了你的梦里边

其实你哪里有梦呢
躲在暗处的病毒让你夜夜失眠
你抓不住它就只能严防死守
社区门口
你扛来了镰刀和锤头的大旗
把它插在蓝色的帐篷上边
让必胜的信念猎猎招展

一个党员来了

一群党员来了
一百四十一个党员都来了
他们看到了你
更看到了党旗的召唤
当年大家在党旗下宣誓
如今大家对病毒举起铁拳

"别怕别怕
最危险的地方有我们党员
你们要做的只是居家
楼道里、大门口
甚至你的家里
只要你需要
我们都会把希望之火点燃"

不是誓言
胜似誓言
社区里
连没有主人在家的宠物
都成了关爱的重点
那个四岁的娃娃
你突然想起她
她可有乖乖洗脸
可有乖乖吃饭
可有缠着外婆帮忙梳一个小花辫

手机是二十四小时开着的

可是你没空跟那个四岁小娃娃通话
一万两千多居民呀
各种信息各种预警
你得先顾好大家
你其实很想告诉那个四岁娃娃
邻居阿姨送的牛奶真鲜
还有叔叔、姐姐送的苹果和蛋糕
非常非常的香甜

"周璇、周璇"
你听到有人笑呵呵地喊：
"今天又准备吃什么大餐"
才恍然惊觉
方便面已经"再见"
2020 年已是过去的一年

呵呵，再也不用跟女儿失约了
阳光真可爱
空气真可爱
小草真可爱
办公室里
镰刀和锤头的旗帜依然晃眼
忍不住你又细细抚摸一遍
关键时刻
这是火焰
这是帆

啊

这样一个四月

这样一个春天

我知道你用的是画师的笔

彭志文可能从来没有想过
一个工业园区会长成这个样子
茅草手拉着手到处乱窜
占领了任何可能有泥土的据点
破旧的厂房裂着墙皮
像一张张等待救赎扯开的大嘴
几朵野花跑错了地方
在墙皮嘴巴里摇摇晃晃地吭哧喘气

最苦恼的是
交接时没有切实数据可供分析
找资料好像寻找一个个奇迹
找不到人主动配合
就迈开双腿一遍遍登门拜访
上到各级领导办公室
下到拆迁户的家里
甚至蚊叮虫咬的田头菜地
都留下奔忙的痕迹
风经常和磨破的鞋子说话
记不得问了多少人
记不得写满了多少本笔记

廖景辉也没想过和广佛园初见的样子

泥浆路居然耗尽了商务车的力气
逶迤起伏的山峦下
有几块荒地露出了黄色的皮
用水还靠挖井
借住的宿舍墙上渗着水
衣服发着霉
放肆散发着各个季节的气息

最不舍的是亲人啊
老父亲身患心梗和肠癌几次病危
站在病房门前
数次推开又几次关闭
最后只能甩甩头把眼泪憋回
父亲啊您保重
工业园区百废待兴
儿子只好先把您放在心里

廖景辉思念着生病的父亲
彭志文何尝不想念没空相见的家人
还有广清园自喻为"拓荒牛"的裴永胜
也只能默默地在心里把自己的小家惦记
有什么办法呢
经常一伏案工作抬头就见晨曦
还没谈成的项目一堆又一堆
尚未聚拢的资金一笔又一笔
焦虑一直躲在暗中
在身上住着

扯不掉撕不去
对不起啊亲人
因为我们是党员我们扛着共建的大旗
你听听
那坑坑洼洼有限的几条土路
又在揪心地叹着气

终于
水管拉起来了
电线架起来了
纵横交织的马路越来越喧哗了
一摞摞码得像城墙的资料盒
让园区蓝图越来越清晰
"拼命三郎"的作风
"妈妈式"服务
温暖得就像春天的呼吸
大批优秀企业争先恐后进驻园区
广德园来了雪松、戴卡旭、上海电气
广佛园来了康盛、晶华、鹿山、天赐
广清园呢
福瑞杰、特威、欧派等不约而同
携手而至
一起住进来的
还有无数雀跃的心和梦想的种子
人们看见工地上
那些红色的、黄色的泥土
兴奋得好像一条条彩带

舞得满心欢喜

机器的轰鸣声是那么好听呀
塔吊的长手臂是那么帅气
一座座厂房一栋栋高楼拔地而起
这里不再是信息闭塞的贫穷乡村
城乡产业协同发展将在这里先行先试
核心产业区、红茶小镇、美妆众创城、文旅城
犹如四匹骏马
正在广德园的春光里并驾齐驱
广清园将会吸引超 15 万人快乐就业
正在由一块地变成一座城市
广佛工业园
让人们走最近的路去上班
在厂门口就能享受现代化都市的便利

如今
茅草和破厂房早已争相告别
初步建成的园区里
三三两两的人们谈工作也谈爱情
路边商铺里的商贩热情地招揽生意
可以看场电影
可以喝杯咖啡
那些斑驳的光影时而拉长时而重叠
像画家笔下
关于烟火气的浓墨写意
想不爱都难呀

爱这片土地的富饶

爱这片土地上的人来人往

车辆的川流不息

爱这片土地上

每一个生命

每一张脸上都写满了

春风得意马蹄疾

江南女子

我见过你的容颜
虽只惊鸿一瞥
却也有感觉
你是我寻访了很久的
那一棵空谷幽兰

你抬手的样子
如同兰叶舒展
那曼妙的一转身
似将彩云作华裳
让天地为之暗淡

你眼眸轻斜
更如兰花般娇羞
那种烟波微漾
纵有扁舟一叶
也驶不出那无边的温柔

哦哦
快乐的，烂漫的
忧伤的，静雅的
多情的江南女子啊
你岂止是

诗词歌赋山水画里浓淡相宜的身影
你岂止是
江南雨巷里撑着油纸伞的那一分动人
你是似曾相识的亲切
是初见
是轻盈
是娉婷
是温婉

你温柔了如水江南
也旖旎了
北国男儿看惯大漠飞沙的眼

一只蜜蜂的快乐（组诗）

花上舞蹈

探步
探步
在这花的舞台
曼妙的身姿拴住风的视线
节拍啥的就不管了
嗡嗡地对花成歌
阳光中
翅膀扑着那些甜甜的花粉
轻颤

贪吃鬼

嘘
别笑别笑
我就知道
不应该相信你的甜言蜜语
不应该在你的容颜里沉沦
我　那个
只是想和你的花粉亲亲嘴
结果

用力过猛
嘿嘿
嘿嘿

妈妈醉了

妈妈
出发前你说先喝点春天的风
我就说不喝的嘛
结果你瞧你不小心喝多了
看到花朵就不想起身
妈妈
妈妈
我还有问题没问呢
那个"春天的风"
为什么
会那么醉人

青　春

忘了是怎样开始
年少轻狂的我们
年轻的时候
不知道自己年轻
我们很勇敢地幻想未来
也幻想爱人
厚厚的武侠和言情小说
躲在被窝里和手电筒一起看了又看
却不知那些翻过去的旧书页里
也有我们易逝的青春
于是有一天
在某个不太年轻的夜里
就莫名地想起同桌
想起在课堂上相遇的
带着露珠或者青草味道的清晨
想起球场上那双奔跑的白色球鞋
也想起
阳光下那些有目的或者无目的的争论

那时天真的以为
我们可以一直在风里吟唱
也可以在每个冬天
手拉手堵住教室的破玻璃窗
还可以只在假日

一起背靠背吹个小牛皮
甚至不知天高地厚地
在山窝窝里放飞几个梦想
而远远的山外边
有什么在诱惑我们年轻的心
后来、后来
忘了是怎样悄悄结束呵
那些共同憧憬的美好
有些直到只剩回忆
都忘记敲响
曾经青春的心门

美景在她们手上

每天
我穿行在黄埔区这小小的一角里
从冬天到春天
又从春天到秋天
秋天
这里的稻谷和阿妈的稻谷弯腰的姿势一样
早起的鸟儿也一样聒噪
田边地头的野花开得一样放肆
树叶却没有家乡黄

还有晚归的妇人
和阿妈一样忙碌
没有空看天是什么颜色
也没空理会忽大忽小的风
连美丽的夕阳也会被冷落
她们只专注那些菜秧秧

在我们眼里
是这样那样的美景
草有草的芳香
云有云的迷茫
在她们眼里
所有的美景
都在她们手上

小洲村

小洲村里

一株 224 年的榕树很是端庄

树底下人们迎来送往

面对镜头

一条狗骄傲地扭过头去

另一条狗又摆了个很淑女的模样

阳光穿过野花斑驳了岁月

蚝壳屋站成了挡风雨的墙

不知那一间古老的书屋

金榜题名的少年郎

是不是真有

一只白狐素手添香

那一把椭圆的棕榈扇

摇出了故事几何

一个香囊

可曾扣响一间心房

可记得

竹箩盛菜

布衣绣花鞋

还有累了时

那一碗羹汤

罢了罢了

情义江湖一声笑

任时光荏苒烟波浩渺
悄悄儿地
管他前世今生
管他是铭记还是遗忘
我只是路过
拿一支名叫好奇的画笔
着色这心有不甘的荒凉

海边的故事

孤单的我遇到同样孤单的妹妹
孤单的手指偶遇落单的睡觉螃蟹
刚想唱歌
一只蚌壳先张开了大嘴
草帽在跳跃中飞向海里
我惊讶中没有追回
或许它早就预谋了这样一场私奔
海浪不过是帮忙助跑
就像我注定会遇见大海
买比基尼不过是一个伏笔

潮汐终于来了
那只孤单的小海蟹醒了
其实你不必醒的
装睡也好
你睡着的世界云淡风轻
你醒着的世界日晒雨淋
你何必上赶着想与浪花握手呢
吓得浪花不知道握你哪只手好
你的故事在海里
跟着浪花走的时候
你还记得睁着绿豆眼看了看我
我只好挥挥手

露出几颗牙笑了笑

未来在相反的方向

落霞披在身上像金色的战袍

细沙穿过脚底

脚印冒出勇气

一个忍不住

我居然把笑脸

甩成了海的风味

海螺赶紧从脚趾缝跳出来说：

喂喂喂

等下自恋可好

我的故事

你究竟

听懂没

四月更容易成活

当我将牛仔裤裁成一块土地
将红色的布剪成一粒种子
我的手变成了春天
只那么随手一种
就眼见它发芽儿
眼见它叶舒展
眼见它开始招摇地盛开
还要种一条多情的藤蔓
让花朵坠着
再种两个大大的口袋
种子成熟时
随便一揣都是收获
当然
还要种颗不会轻易受伤的心
但是不要在这讨厌的二月
四月吧
四月更容易成活

做手工的姑娘

好吧
我承认
我的脑袋里一直没有停止过奇思怪想
一块玉石雕刻的花儿
重新用黑色的绳子串了起来
一块夏天在海边捡的白色石头
也用黑色的绳子串了起来
小石头上有密密麻麻的海浪印记
每一个小孔都被海浪镂空出蕾丝花纹

坐在沙发上
我光着脚丫专注地做着手工
编着绳结
全然忘记了窗外行人和车辆的聒噪
忘记了无孔不入的寒风凛冽
忘记了脑海里的某个故事沉浮
想象着在阳光暖暖的时候
穿一件慵懒的毛衣行走在街头
让这玉石或者石头在胸前跳跃
就开始偷笑
那会儿会忘记自己几岁吧
或许应该再搭配一条长长的纱裙
在偶然回眸间惊艳时光

早就学会了和生活赖皮
抹掉眼泪照样微笑
日子其实就像画板
怎么拿笔怎么着色怎么描绘
都靠自己
倘若向阳，善意
倘若精致，努力
生活
总有那么点儿奇迹

那一莲

水上是花

水下是佛手

随手一捏

都是禅意

不可遏制迷上佛的莲了

迷上莲开花时那圣洁的样子

两条鲤鱼故意捣乱

妄图模糊莲的心事

把池水搅成一波波光圈

工友们拿出手机

或蹲或站或趴各种姿势拍着

不知道莲有没有暗示什么

来的人多了

大家只好排队

像上班时过闸机打卡时一样

原来流水线

并没有磨灭这一份生活中的欣喜

有个工友在人群后踮着脚尖看着

我家院子里的莲也开花了吧

没人回答她

但是大家默契地让出个缝隙

那个工友探着头笑着擦眼：谢谢谢谢

莲默默不语只是更富光华

很快有人提醒：午休时间到了呢
一瞬间
那些或年轻或有些儿沧桑的脸庞
从莲的面前消失

两条鲤鱼和莲商量：
要不今晚上酝酿酝酿
明早开一朵花叫"故乡"

狂舞天涯

我不问
天涯海角的距离
却用精卫填海的毅力
丈量每一寸
我想走过的土地

我不想
太阳的光芒是否万丈
却沐浴着月亮的清晖
哪怕用小小的火柴
也点亮自己

我不要
彷徨伤感和失意
微笑着把它们调成鸡尾酒
在勇敢者的盛宴上
款待自己

举杯吧
邀清风鼓瑟
请百鸟齐鸣
然后
换一袭草裙
狂舞天涯

不能不想起

我不能不想起
那葱绿的麦田
那一波波涌动的麦浪
曾给心灵多少震撼，多少希望
还有那三三两两的燕子
又怎样惊喜欢叫着
从那浓得化不开的绿海中掠过

而如今
这所有的绿啊
这所有的绿啊
却换不回你的生命
海子
好想问问你
你这个把诗园当麦田耕耘的人
在看惯了如此蓬勃的生机后
怎舍得
丢下这些"绿"去天堂吟哦

哪怕现实和理想的距离好远好远
哪怕你的眼睛再不愿看这沧海桑田
倘若
你有那么一点点不舍这盈眼的绿

海子呀
你留给我们的
又岂是这关于"春暖花开"的点点断想

是的
我不能不想起
那葱绿的麦田
那一波波涌动的麦浪
那欢叫的燕子
想象着你用飞越一切苦难的翅膀
在每一年春天来时
依然写着
散发着麦香味的诗行

请给我一块黑色的背景板

天空是灰蒙蒙的灰
几朵野花在做游戏
一只蜜蜂飞过来落下一个吻
睡莲鼓着腮帮子开出一个传奇
两条鱼儿想写情书找不到笔
野草青青荡漾着梦
红花吹着喇叭故意嬉戏
好吧好吧
你们都精彩完了
请给一块黑色的背景板
我表演一下我的美丽

其实我只想快点入睡
顺便用竹子扎的栅栏
把萤火虫轻轻围在那里
顺便种点喇叭花
等花开时
看能不能再吹出一个童年

在公司上班的一天

好久没有见这样的广州蓝
公司大门口两棵木棉花都闪着光
太阳懒洋洋地坠在花枝
铁了心不再迷恋远方
树下面的小黄花很快忘了
昨日风雨的无常
灿烂笑着
傻傻分不清故乡还是他乡
背后写字楼里的故事还是只多不少
格子间很近
近到一抬头就可以看见
也很远
除了工作
不可以肆意交谈
眼睛有点儿像扫描仪
看电脑文档能一目十行
想象敲着键盘的手指在弹着乐器
噼里啪啦宣泄着最后的倔强
偶尔会脆弱迷茫
不服气生活又莫名期待
可是看看这蓝天
就会笑嘻嘻地说就这样
就这样吧

未来总有方向

然后午休时肆意做几个梦

关于田园

关于诗行

诊所门口

我站在诊所门口
天上的云彩正变幻莫测演绎着故事
有点儿像金庸的武侠小说
那些侠客正在比武
一会儿交会一会儿分开
一个姿势绝不用老
还没看清楚呢
又变了
一个老人蹒跚而过
一只手背在身后
一只手无力的垂着
看不出欣喜
也读不出过往
纠结的皱纹
把故事深深埋藏
只是冬天的风太凉啊
天上的云朵正在变幻老人的形象
我仿佛看见自己的将来
以及
那些乱飞的白发
和那些穿过白发的无情时光

街上偶遇出逃的小龙虾
——有些像在外流浪的我们

费尽心力地出逃
色厉内荏地张牙舞爪
每一个看来的人类眼神
都写着：爆炒还是红烧
一边是蓝天
转身又是乌云
车水马龙的街头茫然四顾
往右没有转角
往左没有熟人
有熟人也不行
好像没有不吃我的深情
这时
一个细腰丰臀的女人差点踩死我
她不出意外地尖叫了一声
迅捷地跳到一边儿去
然后拍拍胸口走了
她知道水塘在哪吗
水沟也行
我想不问前路
只管风雨兼程
家应该就在不远的地方
如果全力以赴
也许会再拥有

那曾经的快乐
往日的逍遥

见多年同窗之前

是不是云不同
那蓝色便不同
是不是那蓝色纯净
那水便不同
是不是那水清澈
那鱼儿的快乐也不同
岸边的红叶好像一枚信笺呀
同窗时
我可有用它写过信

如果可以
此刻我只想站在岸边
在水中静静地倒影
风不要来捣乱
鱼不要来捣乱
你也不要来捣乱
让那些美好的曾经
在这一瞬间永恒

如果可以
请让我静静地回忆
你们的调皮
你们的笑颜

以及
你们朝气蓬勃的声音

十多年未见
仿佛不是不见
只是时间故意
让思念酝酿出最浓烈的请柬
莫笑
莫笑我的泪眼盈盈
红尘多寂寥
感谢你们
曾那么惊艳我
最美的青春

你是支教老师

你站在那里
像是遗忘了世界
又像是世界遗忘了你
风吹乱你长长的头发
又和你打着结

你从哪里来
要到哪里去呢
莫非这个村庄不是你的故乡
你的剪水双瞳
早已是两洼水塘

你开始想念咖啡和周杰伦的演唱会
想念一张电影票和一份汉堡
甚至想念家里那张大大的席梦思床

脚旁边有小草伸出了叶子
泥土混着路边花的清香
"老师"
你好像听到有人喊你
侧耳倾听
孩子们读书的声音穿过山梁

还有什么能美过孩子们的声音呢
眼泪扔进风里
风里是你释然的叹息
远处
一座座泥巴房子亲切起来
那是你学生们的家
你记得小宝家摇摇晃晃的大门
记得心心家漏雨的棚子
记得穗宝家因为你家访特意杀的鸡

你决定回去再用报纸糊糊墙壁
请张师傅打一个放在教室的火炉子
窗子也要找旧木条再钉一钉
这漫山遍野的柴火
到时候你和孩子们一起来捡拾
心里想
有了柴火教室就暖了
你要和孩子们一起
仔细读这山里的春天

倒　影

阿爸阿妈去了大城市打工
我穿了新衣服
没有人夸我漂亮
一个小水潭窝在路边
我看见了里面的红衣裳
里面还有张脏兮兮的小脸
一双大大的眼睛
眼睛里眼泪汪汪
那两汪眼泪要是掉下来
这个水潭里的水会不会涨

红衣裳真好看呢，阿妈阿爸
可惜你们看不见我
你们从前讲
水潭会流入小溪
小溪会流入小河
小河会流入大海
你们讲你们打工那里有海
那我现在和小水潭讲话
你们听得见吗

我好像又偷偷长高了
鞋子又短了

大脚趾老是钻出鞋外边
还有奶奶
走路越来越慢了
啊阿妈
起风了
起风了呀
小水潭里开始有小小的风浪
大眼睛被晃得不见踪影
也模糊了红衣裳
阿爸阿妈
小水潭里的那个
是你们阿索的模样

这年头活着不容易

倘若你经过这里
请你轻些再轻些
别扰了
坟里那个安眠的女人

那坟上的萋萋青草
也请你别顺手拔去
这年头活着不容易
请你留着
那本脆弱的生命

更别好心流露你的哀伤
你尽可以想象她去了天堂
即使不是
她也早喝了孟婆汤
你是熟人也罢
陌生人也好
她不记得你的模样

也许你会好奇地想象
她依然是个妩媚的女人吗
还是已经转世为一只小鸟
一只蜜蜂

或者一朵小花
也许
你根本什么都不曾想

你只是经过那里
读了她的墓志铭

和表妹平淡的一天

风不燥

躲在树缝里偷窥太阳

就好像偷窥一份当年的少女心事

有点暖、有点悸动

有点小心、还有几许莫名的惆怅

罗氏虾才 45 一斤

除了水煮

想不出自己还会的其他烹调方法

遂放弃

几只鸭子被绑在岸边

等着买家的青睐

好想解掉它们脚上的绳子

可是望望有些威猛的主人

作罢

一辆马车

噢，是从城堡里驶出来的吗

就那样轻巧地穿过阳光

穿着白衣戴着黑色高筒礼帽驾车的帅气少年

真的有点像白马王子

天呐他居然还笑

嘚嘚嘚的马蹄声

用一种讲故事的方式开始在耳边震响

这样的一天

要怎样爱才好

抬眼时

那个红衣小男孩儿越过马车

和风一起跑过来

只一瞬间

阳光

似乎就在他眼里流动成了七彩星河

滚烫滚烫

傍晚

阳台上的时光

用一种前所未有温柔的方式晕染开来

表妹冲了杯浓咖啡

我看着她，她看着娃

阳台外的小虫子

开始合唱

找野菜的一天

广州真的只长鲜花

流溪河边的野菜

都逛街去了

绿道上不时慢悠悠骑过的自行车

迎风鼓起来的衣服

有一百种心思

时间究竟是怎么走的呢

一边在流水线日复一日地磨蹭

一边在外边岁月静好地玩耍

我一点儿都不想安慰自己

呆呆在一棵树下研究某些不解之谜

鸟窝是怎么做成的

还有

那么轻盈的蜜蜂和蝴蝶

为什么风吹不走呢

顺便也很认真地思考了一个问题

挤不进这个城市的水泥森林

是不是可以自己织一个窝

就在这风景独好的树梢

像蜜蜂和鸟儿那样

稳稳地住着

瞧瞧

我以为我清醒

其实一直困惑和矛盾

如同深浅不一又一直向前的脚印

天快黑的时候我赶回去加班

河边那几个钓鱼的搭好帐篷也准备加班

我们是

不一样的人

流浪的乡愁

流浪也有流浪的好处
比如在他乡即使喝一杯淡淡的白开水
也会把它想象成家里清甜的山泉

你还可以肆无忌惮地用乡音吐槽
不用担心被人窃听了去
时尚的服装
没有人看得出你是光棍

你很嫌弃这里的出租屋
奇怪那些小气的房东
为什么要把卫生间和厨房挨在一起

你其实也喜欢这里善良的人
喜欢他们呼朋唤友一起喝茶聊天
你只有老母亲陪你吃饭

这里的龙舟水有点儿多
老母亲昨日有点担心家里的红薯
怕那些还幼嫩的苗苗经不起摧残
你觉得没得必要
那些红薯像你
在哪都能活着

小店门口爬来两只蚂蚁
看不出是远行还是回门
它们盯着你潮湿的鞋子
你被迫承认你其实有颗燃烧的心
现在你已经在想
冬天如果回去
能不能带回个老婆

栀子花开了

你总是穿着破破烂烂的衣服
卷起的裤腿从来没有整齐过
书包是你身上唯一干净的东西
里面的书从来看不到折角
你会在周末邀我去捡柴火
阿妈总是不让
怕我不小心摔下山坡
于是我们偷偷溜出去
春季摘刺泡儿野草莓
夏季用你的破衣服做网兜摸鱼
秋季打野柿子捡蘑菇
冬季用掰下的冰凌子搭童话小屋
还会冒险把背篓顶在头上
放一把火赶走野蜂子
两个小孩子
像两个调皮捣蛋的小精灵
唱着不成调的山歌
咯咯笑着把童年的欢乐撒满山坡
回去的路上你抢着背最重的柴火
快到家时又悄悄和我换掉
结果
我的柴火比你还多
阿妈责备的话咽回嘴里

她知道
那些柴火都是你捡的

你比我大三岁
留级了几次和我读一个班
课堂上你从不举手发言
因为在我们读着最简单的字
在你眼里是那么困难
一些孩子坏坏地喊你：强傻包
我比着拳头第一时间把他们赶跑
你还是会难堪地憋着哭
更加认真一笔一画在作业本上写字
虽然最后
老师基本上都画个叉叉

三年级的时候
你实在读不下去了
你把没有写完的两个练习本都给了我
你讲那是你最好的东西
叮嘱我一定好好学
后来你稍微大点
去亲戚家的石矿打工
后来
后来
意外发生　你死了
你住的破房子换成了一抔小小泥土

阿强

我去远远看过你住的地方

那天哭得不可抑制

不知道将来你的房子

会不会长满野果

又是五月

栀子花开了呀

这是你最爱的花

你说它的香气可以飘满整个村庄

而我更愿意相信

这香气

会溢满你所在的天堂

和萝岗香雪结一个果

你是不是设置了一道谜语
让我猜你的思想
每次都赶在过年时节开花
莫不是为了打击烟火的盛放
你最美的时候
一只蜜蜂悄悄给我打了电话
我携着这里像春风的冬风走近你
轻触你的花瓣
细数你的花蕊
看看和阿妈窗前那一枝有什么不同
哦
都会多情招手
都是清香叠着清香直钻心房
只不过阿妈窗前那一枝
还有着淡淡的腊肉香
认真确认过
你真的是独独属于萝岗的梅花
少了湘西的冷
多了广州的暖
鸟儿最好这时候别来
否则你会忍不住下一场雪
风都得轻手轻脚走路
我更是一本正经地想象

要不要来一场浪漫邂逅

你长在枝头时我和你描绘山河

你坠落时我伴你翩翩起舞

你若安静

我陪你酝酿下一首歌

你若诱惑

我和你结一个果

大清早吃冰棍

大清早吃冰棍
只因为碰到一个笑得像阿妈的老人
她在小巷子里的家门口摆了个小摊
卖些香烟零食水和冰棍

我其实天天遇着她
只不过隔着一扇门
步履匆匆的我
从来没有留意过她的身影
今天她转出了柜台
阳光落在她身上像舞台上的追光灯

我们不约而同走进这束阳光里
似履行一个冥冥中的约定
我看着她银色齐耳短发被阳光追逐
发现她竟然穿着与阿妈同款的花布衫
最上面的一颗纽扣
也像阿妈那样扣得齐齐整整

她像我看她一样看着我
我等着她问我一声：上班去吗
结果她真的问了
我却有点儿舍不得回答

像一个舍不得归还时间的人
那会儿我们是同时笑的
我肯定

啊哟 在几千里外的他乡看到了娘亲
轻言细语的笑模样
一颗都不少的白牙齿整齐干净
同样的发型
同样的身高
同样的小摊儿
同样的皱纹
于是我不受控制地切换成孩童的声音：
来根冰棍儿

另一种江湖

勿忘我
是一种花的名字
与玫瑰和月季相遇
是一场蓄谋已久的美丽邂逅
水此刻假装自己是酒
将三种花浓浓包裹
打算结出一个崭新的世界

每一片花瓣悄悄伸展着
每一缕香气丝丝冒着泡
似一见钟情，又仿如久别重逢
就那样，对视，纠缠，拥抱
再也分不清彼此

一粒单晶冰糖的突然加入
无疑是一糖激起千层浪
好像突然
在杯子中间打开了一个时光隧道
只用手指就可轻轻触摸到过去
触摸到那些以为早已经忘掉的故事
仿佛远去经年
却就在眼前
那些水纹怎么晕得开你的面容呢

捧在掌心，化在心里
一杯花茶，一份情怀，一个江湖

或许
勿忘我
只是借着那淡蓝色的花儿
哼唱着一首从不曾远去的老歌

异木棉的时光

兴许是她们簇拥得太过紧密

兴许是都长着一般无二粉嫩的脸庞

我仰着头

竟分辨不出昨晚究竟花落多少

翘首的那支

仿佛是昨日见过

又仿佛是今日才相逢

几朵白云不过是随意给蓝天做了下妆点

那些粉粉的花儿便一下子有了故事

伸出手指，轻轻从那些淡香中穿过

有一两只雀儿从这个枝头跃上那个枝头

不小心惊得花瓣如雨

侧耳倾听

我听到落花如诗歌般的吟唱

桥下

一位拉小提琴的姑娘将青春拉进旋律

俏皮，悠扬，又有一点点忧伤

让桥上的我忘了时光

仰头，花和云在天上

俯首，云和花在水里

风过处，花是云，云是花

交映成景又渗透无隙

似土家族阿婆手中浸染的青花布
有着恰到好处的温柔

知了没有声音
估计兴高采烈轮回去了
广州这粉色的关于异木棉花的深秋
在一个打工人的眼里
是一个甜蜜而饱满的梦

更喜欢光明

夕阳要走的时候
慌张中
云朵只来得及在天边摆了两种姿势：
一朵大大的梳着爆炸式发型的蘑菇云
一座看不见门的神秘城堡
也忘了跳进夕阳的调色盘
紧张勾勒时
用了一水儿的水墨丹青

路灯也有点儿舍不得
啪的一声睁开了无数只眼睛
无数只眼睛都只追寻一个身影
那身影
和慌张的舍不得有关

不得不承认
黑夜自有黑夜的星辰
而这一刻
万物更喜欢无死角的光明

我的村寨

我是慕名而来的食客
坐地铁挤公交
朝着新龙镇麦村
在寻香的绿皮火车上旅行
雨中的农家小院
果真最适合美食的吆喝
雨敲翠竹的声音
很轻

木材在灶孔里
躺出三维空间的效果
柴火呼呼舔着
有些单纯
滋滋作响的香气
从味蕾的各个角度钻进
腌制好的鸡块围绕在白米饭身边
被阿叔仔细排队
小锅盖大锅盖牢牢锁住香味和水分
他忙碌的手有些熟悉
将我的记忆猝不及防地吵醒

我仔细望着阿叔的眼睛
仿佛立在湘西吊脚楼里的清晨

行囊早就摆好出走的姿势
铁锅里的土鸡和枞菌
却咕咕作响诉说着难舍难分
阿爸添一把柴火
就着阿妈的锅铲喝一口汤
"嗯啊
最高级的食材果然只需最简单的烹饪"

阿妈呀
您言说爱上一个地方就不会飘零
如今我爱这里像爱上我们自己的乡村
那些哽咽难言的别离
是阿叔手里锅铲的轻盈翻转
已化为这味道极浓极浓的
麦村柴火烧鸡饭
且暖一壶柔软温存
青石板路那头您遥遥一笑
我
想您

鸳鸯池

整个山谷都是咯吱的木吟
我们贪婪地侧耳倾听
两汪池水留在山顶
酝酿成两个迷人的酒窝
风过
吹起满满的诱惑
我可以牵你的手吗
就这样走过山坡
那些斑斓的草和树叶有些黏手
冒出些不可名状的温柔
采石留下的无数纵横线条
再也不是叮叮砰砰的闷响
每一弦都弹奏着深秋的幸福
童话故事开始编辑
蔬菜和禾苋交织的田园里
农人遗落的两个袋子
藏着收割的快乐
麦村
那两个碧波荡漾的酒窝
我好想
再咬一口

散文

嗨！我的广州

　　一大早碰到个卖秋葵的阿姨，五六十岁的样子，一脸的亲切善良，称好了菜又再多抓了几个给我。秋葵，好久不见。许是我脸上过的惊喜让她有些好奇。她问："你知道怎么做这道菜吗？"

　　老实讲，我不会，可是不会做菜实在是很丢脸的事儿。瞅着那些绿色的、紫色的像辣椒一样的小东西，脑海里急智浮现出"酿辣椒"来，随口答："秋葵夹肉末啊。"

　　结果阿姨惊叹："哎呀你可真能干！这种做法我都还没做过呢！回去我也试试！"

　　我突然不好意思起来。这，不小心吹了牛皮会不会莫名其妙烧糊菜？

　　想问"度娘"，"度娘"临时罢工。好气哦，想踹"度娘"一脚！

　　莫名有些慌张。叹着气，难道我要在这样一个美丽的周末随口欺骗一个卖菜的阿姨么？她看不见我，我却觉得我不能没有诚信，即使为了她多送的那几个秋葵。

　　本能地想起阿妈，又猛地醒悟妈来了也救不了我，老家根本没有秋葵。

　　就当这是一次美丽的冒险吧，不就一个没做过的菜么？我决定试试。

　　将秋葵仔细清洗干净，放进烧开的水里焯几秒钟，去蒂，切开成相连的两半儿。剁肉末，拌上蒜泥、手磨黑胡椒粉。怕不够黏稠，调了一匙玉米淀粉。

"故乡的山坡坡

勾起我回忆那么多

山坡上的小木屋

伴随我的童年度过"

期间，居然紧张到哼了一首小时候学的歌儿。一边摇着马尾把那些拌好的肉末耐心地放进秋葵夹子里去。

夹完的时候，又为是蒸还是煎犯了难。最终，在循环了几遍"山坡坡"后决定少油慢煎。

本可以不放辣椒的，可是辣椒的记忆跟着哼哼唧唧的"山坡坡"一下子泛滥成灾，就这样，毫无防备地想念那一抹辣味了。

记忆里，辣椒不仅仅是辣。把辣椒放灶孔里，用冒着红色火星子的灰烬搅拌搅拌，一会儿就烧得黑不溜秋炸开皮来。阿妈会趁热剥去外皮，把绿色的嫩绿辣椒肉扔进石头擂钵里和着蒜瓣捣烂，浇以热油，拌上酱油芝麻香菜，最后滴几滴香油增香。舀一勺拌饭，哗，三大碗瞬间吃光光，连带米饭也成了一念再念的美食。

这么和着口水想着，边用剩下的油煎了一颗切碎的小辣椒，佐以两小匙酱油烧开，趁热浇上煎好摆盘的秋葵肉夹。

哇哦，秋葵丝滑，蒜香浓郁，肉香迷人。咬一口，手磨黑胡椒与味蕾碰撞对话。

一道菜而已，当终于如愿以偿，夕阳爬上窗台和我暖暖地打了个招呼。我眯着眼，将盘子里的最后一个秋葵塞进嘴里，心里开始弥漫着一种柔软的叫作满足的情绪。

不知道最终爱上一个城市的理由是什么？是因为一个人？还是因为这些奇奇怪怪可可爱爱的好吃食物？行走在这里，我会认真看每一朵相遇的花，会对每一个和我打招呼的人报以微笑，会欣喜地观察这里每一个角落的美丽变化，会元气满满地上好每一天班，会惊喜地期待别人的喜欢。

　　我知道，对于这个城市，我叫外来妹；但是对于我，我会说："嗨！我的广州！"

蜂蛹，童年，林叔叔

对蜂蛹的最初记忆，是来自林叔叔。

现在想来，我觉得我打小就是吃货根基深厚。

那时候的林叔叔是个超级帅的小伙儿，而我是个扎着两条冲天羊角辫的黄毛丫头。

那时的夏天傍晚是最快乐的时光。

萤火虫在院子旁的树叶边飞来飞去，娃娃们在草垛里钻进钻出，蛐蛐儿躲在草丛里高低起伏地叫着，姑姑婶婶们或是纳着鞋底或是织着毛衣，叔叔爷爷们摇着蒲扇有一搭没一搭地聊着家常……太阳彻底从院子朝门偏下去的时候，满头草屑或者满脚湿泥的林叔叔就会披着星光从朝门口走进来。眼尖的娃娃们欢叫着围上去，使得林叔叔几乎迈不开脚，如果不展示点什么，根本别想脱身。他拿着手电，像变戏法似的，从蛇皮袋子里掏出各种有趣的玩意儿：黄鳝、泥鳅、田螺、小河蟹、草编的蚱蜢或者竹扎的蜻蜓……其中就包括蜂蛹。蜂蛹还一个个好好地藏在蜂巢里，有胆大的娃娃用手指轻轻去碰，然后又猛地受惊缩回，逗得大家哈哈大笑。当然，不是每天都有，林叔叔说，野蜂蛹非常难找到呢。

那会儿的林叔叔简直就是吴家院子最强大的磁场，一溜儿的小屁娃即使拿了草蚱蜢和竹蜻蜓还是粘在他身边怎么都不肯离去。他总是搂搂这个的肩膀，又摸摸那个的脑壳，再拔拔我的冲天辫，宠溺地看着大家说："洗好手排排坐好哦，我给你们做油炸蜂蛹去。"

于是我们很自觉地洗手坐好，只是脖子伸得老长老长时不时往灶屋方向瞄，甚至，有些不淡定的娃已经开始吮手指了。更有娃娃像情报员一样一会儿汇报一次："看，叔叔的烟囱冒烟儿了。""听，叔叔开始刷锅了。""看，叔叔的烟囱烟儿没了。"

不过才一会儿工夫，却又觉得好像过了很久很久，林叔叔从那个厨房端着小瓷盘走出来。他笑眯眯的样子仿佛是刻在脸上的不曾淡去。在我们眼里，端着金黄色、喷喷香蜂蛹的林叔叔比自己阿爸可帅多了。

他挨个走到我们面前，我们怯怯地又毫不犹豫地抓住那些蜂蛹往小嘴里塞去，嘎嘣脆呢，简直好吃到呜呜讲不出话。他会忍不住叮嘱："慢点慢点，还有还有呢！"然后冲我眨眨眼："小馋猫，给你多准备了一份。"

阿妈说："你林叔叔知道你最馋哩，总是偏心你。"

我那时就隐隐觉得，嘴馋也是个好大的优点，蜂蛹都可以多吃一份。尤其是，这优点是那么重要，不然林叔叔怎么会多留一份给我呢？

再后来，大家都离家谋生，房子也搬离了原来的吴家院子，回家的时间更是前前后后，居然一晃十多年不曾再见了。

只是，后来我每做一次蜂蛹，就会想起扎冲天辫的童年，想起有萤火虫飞舞的有林叔叔的夏天……

叔叔，你可安好？

做手工的一天

不知道是嫌时间太长还是太快，也不晓得是嫌裙子太简单还是太复杂，手起刀落，裙子被腰斩，一个下午和一个上午的时光就这样都被拉进针线里。

本来想偷懒让街上摆缝纫摊的人帮忙，无奈人家怎么都不明白我的奇思怪想，我就只好一边听着老歌一边慢悠悠地飞针走线，仔细将褶子折成一样大小细细缝合。

小时候，不懂得手工制作的珍贵。记忆里，阿妈做的布鞋从来都没有好好珍惜过，总觉得反正鞋子破了就会换成新的，却不知道那些鞋子是阿妈在灯下熬了多少个夜晚才做成的。现在阿妈的视力一年不如一年，她手做的布鞋我们是再也穿不到了。有一年回去，我看到她拿着针线在夕阳中比比画画，好奇地问她想干嘛。她叹一口气："眼神怎么这么差了呢？我穿不进去线。"她是笑着说这句话的，我却听到一丝对岁月的无可奈何，人，到了一定年龄，连爱家人也有些吃力。

小时候，阿妈牵着，哪懂得去体会过阿妈的手它究竟是粗糙的还是有其他的触感？在童年的记忆里，它仅仅代表的是无比的安心。直到前段时间去爬长城，当我有意紧紧牵着阿妈手的时候，我竟巴不得永远不要放开：原来这就是无数次出现在梦中的温暖。

阿妈的手掌很小，手指却有些粗，左手腕处因为摔了一跤骨骼变形再也伸不直，粗糙得毫无意外。当我捧着阿妈的手在阳光下仔细端详，想找一些小时候的痕迹的时候，阿妈仿佛一切了然却又不在意地笑道："一层一层皮磨掉再又一层一层皮新长，你能看出什么？"

那会儿我是陪着妈妈笑的，却只敢仰头不敢低头，就怕一不小心让泪珠滚落再砸痛妈妈已经伤痕累累的手。

就这样吧，这样就好，我又何必刻意惊扰？阿妈的笑容里一点都看不出岁月的辛酸，她把生活里的那些苦痛都经营成了属于她的幸福。

天快黑了，我裁剪的裙子做成了七七八八，窗帘上透出一层太阳的薄晕。唉，时光究竟是怎么从指缝中溜走的呢？是随着我那些乱七八糟跟着针线游荡的思绪吗？还是，随着阿爸阿妈那日胜一日衰老的面容？

如果可以，真想握住时光的手，握住那些激情四射的誓言，握住阿爸阿妈曾经青春的年华，握住那些我想珍惜的所有美好。

这样一个周末，这样一个午后，阿妈，你该是在客厅的躺椅上眯眼小憩了吧……

爱有声音

据说，一旦背起行囊，故乡就只有冬季。

一年四季，母亲说她本来最不喜冬天，后来因为都是在冬天团聚，她开始最爱这个季节。

家乡的冬天是有雪的，可是我从外地风尘仆仆赶回去的十多个冬天都再未遇到过雪花；今年也是，天气预报说我前后回去的半个月都没有下雪的迹象；倒是冷得不习惯，恨不得整日钻在被窝里不出来。

不知为什么，到家的这几天，总是五点即起。

我知道不是早起的母亲吵醒我的。她刻意放轻的脚步，以及刻意压低的咳嗽都是为了我能好好睡觉。我能听到她悄悄推门的声音，像小时候那样，她会静静地在床头立上几秒，然后又蹑手蹑脚退去。

她假装看不惯我冻得缩手缩脚的样子，会提前在堂屋烧上一盆旺旺的炭火，然后用专门烤火的棉被围起来，把热气暖暖的罩在里边；家里的电热水器她也不习惯使用，还是会像以前那样在炉子上煨一大壶热水，方便我刷牙洗脸。

她会每天担心我们吃不好，变着花样做着她的拿手菜；然后又小心翼翼地问："咸了还是辣了？"每次大家把她做的菜一抢而空，都是她最开心的时候，看我们的眼睛也明亮了起来。得空时，她会陪坐在我们身边，我们看手机，她看我们，抬头就能看到她满脸笑意。

她也会从门口经过的小贩那里买很多好吃的东西：麻糖、卤鸡蛋、玉米粑粑、肉包子……像小时候那样，想哄哄我们。

也许，我的早起，只是多年后对她辛劳的一种感应；可是她却不习惯这样的我，总是说："你再睡会，我去菜地摘菜，就不会吵到你了。"然后不由分说背上背篓就走。

我只好跟着她，跟着她去看她的青瓜，看她的茄子，看她的辣椒，看她的豆角，也仔细看她。

她的头发已经没有几许青丝，额头也如辣椒垄一样有了深浅纵横的沟壑，但她始终眼含笑意。初升的太阳给忙碌的她打上一层光晕，圣洁又安宁，她的眼里却只有蔬菜和我。她和我唠叨一些往事一些眼下见闻，语调不快不慢很是温柔好听；双手却一刻不停飞快地在菜畦里穿梭，不断地将岁月痕迹和新鲜的蔬菜统统越过耳朵往后扔进背篓里。

我蹲下来，渐渐竟有些痴了。看着晨光在她的身后弥漫，看着她的发丝在晨风中跳舞，看着她的背篓随着她的弯腰、甩手晃来晃去。觉得如果时光就此停驻，多好。

"小背篓，晃悠悠，笑声中妈妈把我背下了吊脚楼……"

如今，小背篓还在，她却再也背不动我了。而我们的吊脚楼啊，那年那月那时，已不见了……

北京，和梦想一起旅行

　　五月，北京王府井大街上，阿爸阿妈足蹬湘西老布鞋，手里拎着自己缝制的装了五瓶自制茶水的土布包，用一种湘西特有的姿势霸气走来，且不管北京的云和蓝天怎么看。

　　我告诉他们，北京也有个名产，叫"北京老布鞋"。阿妈好奇："有不有我以前手工给你们做的布鞋好？"这次阿爸抢答了："没有！绝对没有！哪里的都比不上你做的。"

　　阿妈让阿爸给我们拍张合影，他老人家使劲在手机上一戳，随着手机的震动，我和阿妈就在他老人家的镜头里糊成了一团。偏偏阿爸安慰说："没事啊，糊了我也认得出你们。"可是我急坏了呀，眼看一串暂时作为道具的冰糖葫芦都快化了怎么也吃不到嘴里去，而阿爸还没拍摄成功。

　　午餐的时候，我们入乡随俗到某家著名的饭店吃了烤鸭。当戴着高高厨师帽的帅气大师傅耍着飞刀片完鸭皮，礼貌地喊着"您慢用"的时候，阿妈用春饼卷了块鸭肉咬了一口，微笑着用大拇指给了好评：嗯，这烤鸭比我们那旮旯儿的好吃！

　　包子店那里，阿妈很认真地读字："理不狗"。我和阿爸憋着笑默默点头同意：谁说不是呢？！

　　糖炒栗子香气扑鼻，嚷嚷着吃到饱得再塞不下一丝肉丝的阿妈还是忍不住舔了舔嘴唇。

　　阿爸更是调皮地和广告模特同步了一个Pose（姿势），摸着下巴的效果竟然不输扎着小辫的老外。

王府井好吃街前，一个拿着算盘的长衫男子很认真地和一个小贩讨价还价，满嘴的京话，让我一下子分不清历史和现实，或许，时光就是如此这般的轮回吧。

下午的时候我们去了天坛。阿妈说：皇帝拜神祭天排场可真大，天坛的香炉那么多。她仔仔细细地摸着那些古老宫门，感受着它们凹凸的纹理，试图用眼神穿越千年，与那些她心中的神祇对话。

她告诉阿爸："你看，连屋顶的花纹都那么精美，古人工匠怎么那么能干？原来这么几天，我们都在皇帝家串门儿啊。"

晚餐，阿爸咬了一口丸子，很不解地问我："这么好吃的东西，为什么要叫撒尿牛肉丸？"阿妈拿眼斜了阿爸一眼："吃饭的时候讲点文明行不行？"逗得服务员小姑娘快要端不稳盘子。

晚上看到鸟巢和水立方的时候，他们像个孩子般笑了。阿爸惊叹："原来鸟巢真的像鸟巢啊，水立方像魔方！原来真的比电视上看着还漂亮哇！"他骄傲地告诉阿妈："08年奥运会的时候，我国的金牌可最多！"

阿妈不无遗憾："怎么就没遇到习主席呢？"阿爸大笑："你这也是中国梦！"

其实，他们从来没有来过北京，却像来了很多次一样。那些城墙，那些和他们擦肩而过的身影，那些京味儿的招呼，甚至天安门广场上的可爱的兵，他们都觉得万分亲切；一个星期的旅行，他们笑了一个星期。

爬长城，看天安门，给毛主席献一枝花，把自己的幸福生活讲给首都听。统统都是阿爸阿妈早早就有的朴实梦想，只不过如今，这梦想变成了现实。

阿 爸

记忆中，我好像从不曾以阿爸为题材写过文字。

阿爸是个老兵，从部队带回许多规矩。

比如吃饭。

阿爸会要求我端端正正坐着，不许多话不许挑食，更不许拿着碗去和小伙伴们比赛谁吃得快，以至于我好长时间都觉得吃饭是最没有意思的事。那时候心里对阿爸那个讨厌呀，总是心急刘婶儿焖的香喷喷的土豆又吃不到了。

那会儿，最怕犯错却又经常犯错。

我从小就是个异常调皮的孩子，喜欢的玩具也和别人不一样。有一次阿爸从外地出差回来，掏了一个玩具小汽车给我，我招呼所有小伙伴一起来玩，到后来新鲜感一过，那个小汽车被我拆了个七零八碎。阿爸无奈叹气：这估计就是个男娃投错胎了。

他有一块异常珍爱的怀表，经常见他拿出来擦拭，据说是在部队擒拿散打比赛获得第二名的奖品。我好奇那个怀表滴滴答答的声音，好奇它里面的针为什么会走。于是在某个下午我用螺丝刀将怀表大卸八块，本以为我原样装得回去，结果事实是一堆小零件让我傻了眼。趁阿爸上班还没回来，一溜烟儿跑到村子里最远的小伙伴家藏了起来。

阿爸最后当然没舍得揍我，但是拧着我的耳朵走了大半个村子。让我第一次觉得，我无比害臊的样子终于有点儿像个姑娘；

258

也让我第一次觉得，平时一溜烟儿就跑到头的村路无比漫长。

调皮归调皮，内心里其实特别怕阿爸。他喊我站着，我是绝不敢坐着的。

阿爸其实在我眼里就是一部传奇，只是他自己不知道而已。

他是一起当兵去的同龄人中少有的文化人；写得一手好毛笔字，曾经左邻右舍的大小喜事的喜联和春联都他承包了；复员后政府安排了一份稳定的工作，若是一直干下去，他本可以和所有退休的国家公务员一样享受养老待遇，却因为弟弟超生只好又做了农民。

20 世纪 80 年代因骗返贫，白白资助自己好战友十担谷子未获得感激也就罢了，还被这个"好战友"骗了三万元导致一贫如洗；后来打官司虽然赢了，钱却被那个战友修补了房子建了猪圈再也要不回来一分。

阿爸是个爱笑的人，好像再大的磨难他都可以笑一笑自信解决，当真从没见过阿爸颓废的样子。一条路走不通，他会不怕挫折再走另外一条路尝试：卖小吃、生豆芽、卖猪仔、植物油厂做搬运工……

许是那会儿太小，我记得这回事儿，却不记得他和阿妈当时困苦的样子；也或许，他们在面对生活磨难时本就从容，以至影响到我也乐天知命。

阿妈经常说："没有农民是不勤劳的，可是要从地里赚钱真的不容易。"

话是这样说，让他们不种地那简直是要了老命儿。尤其是阿爸，每天都得去地里转转，用他的话说，去看看害虫也是好的。当然最好是再碰到几个老伙计，又顺便带回来一起喝杯酒。一起聊收成，聊新鲜事，聊各自的孩子，也聊国家国际大事，兴致高时，还能划拳：五魁首，六六六……

阿爸常常挂在嘴边的一句话就是：多大的腿就穿多大的裤。以告诫我们不要好高骛远，要量力而行。

当然，他最欣赏的还是：爱拼才会赢。

阿爸的王国

阿爸说，蒜苗可以批发6块一斤，要趁着年前价钱好全部卖掉。

蒜苗从地里拔出来的时候很毛躁，需要一根根整理捋去黄叶和泥巴，然后再用小堰沟里的刺骨流水洗净。这么寒冷的天气，这样的工作枯燥乏味又辛苦，我在手机上看了几个视频，把手揣在兜里又拿出来再揣进去，终究还是磨蹭着去帮忙捋蒜叶了。

阿妈说："算了！剩下没多少，你烤火去，我们自己弄，可脏了！"

阿爸瞅瞅我，没说话。一甩手，把缠在指尖的蒜叶和泥巴利索地扔掉，再用食指挑起一根肥蒜继续捋。

早上又下了些小雨，这会儿天阴着，还真是冷。我抱了一大捆蒜苗独自去火边整理，可是手指还是有冻得像冰棍的感觉。偷瞄一下爸妈，却见他们一脸坦然的样子，唇边眉眼隐有笑意，手指翻飞，竟是另一番光景。

阿爸有几亩土地，里面随着季节种上各种蔬菜瓜果粮食。他几乎每天都要去他的土地上溜达一圈，摘菜、施肥，或者拔掉一些杂草；一把小锄头随时薅在手里边，地里常年保持疏松、平整、有序，我称之为"阿爸的王国"。

阿爸的王国里出品的蔬菜实在太丰富，自己吃，送邻居吃，也时常拿去街上卖；他种的菜总是要比别人家早上那么几天，往往能赶上好价钱，比如今日的蒜苗。

但是不管怎样，不管他那个王国有多少经济作物，阿爸都要种一亩地水稻。那些水稻一行行一列列整齐笔直地站着，有些像他当年当兵时的腰板儿，他去巡视的时候看着很满意。

他讲：家中有粮，心里不慌。

待我冬季归故里时，他的稻谷已经带着丰收的喜悦一起锁进了粮仓；谷壳里，还埋了上千个他那个王国里出品的成熟或者待成熟的猕猴桃，用手一挖，就挖出来满满的水果香。

他极少讲过往的故事，但是经常讲他的王国里的茄子土豆青菜红薯和辣椒，讲它们比往年结多了还是少了；有了智能手机后，他就把它们的花儿、果实、叶子都拍了特写给我，仿佛我在千里之外也能闻到他的蔬菜瓜果香。

我称赞他的照片拍得很好，他高兴得直呵呵："哪里哪里，老了老了，眼睛越来越看不清，手越来越抖，要是再年轻十年就好了。"

如果阿爸再年轻十年，他的王国里会是另一番光景吗？

"明月别枝惊鹊，清风半夜鸣蝉。稻花香里说丰年，听取蛙声一片。"

阿爸的王国，我盼望着，年年丰年。

这秋，这秋

看风景的时候，觉得一叶一花皆是伏笔。不管我怎么姗姗来迟，那些风景都是为了和我相遇。

回眸，岂止只看一眼？所有的美好都装进瞳仁，留着快进或者倒退或者重复。

不喜欢冬天，便拖沓着过秋天。

六点多起床，阳光就已经洒满窗台。

溪头村的菜市场早已经是熙熙攘攘，吆喝声和着讨价还价声，有着人间烟火合奏曲特有的动听。

柿子和红辣椒在一堆嫩绿的蔬菜中尤其抢眼，仿佛是这秋日的代言，骄傲地炫耀着那亮眼的色彩，大胆魅惑着走过路过的买菜群众。

我终于抵抗不住柿子的诱惑，价还没问，就先用手在那些红彤彤的柿子上摸了一把。啧啧，那柔软的手感，那擦着粉透着红的脸，让味蕾的每一根神经每一个细胞都跟着活跃起来，口水开始不争气地往喉咙倒灌。

"来，先尝后买！"聪明的阿叔居然一眼看穿我蠢蠢欲动的馋虫，很大方地塞了一个大柿子给我。"自家种的，尝尝啊！绝对没打农药！"阿叔边说边玩起了杂耍，周围的菜贩以及和我一样的几个游客在一眨眼的工夫都接到阿叔抛去的柿子，个个笑成了花。

在大家的哄笑和道谢声中，阿叔的柿子瞬间被大家争买而空。阳光暖暖的，阿叔的声音暖暖的，他空空的竹箩居然在此刻神奇地装满了阳光，也暖暖的。

握着柿子，我就这样沐浴在一片暖意中继续在这一个好像避世的村庄穿行，平时脚下生风的步伐也变得悠哉起来。路弯弯绕绕，曲径通幽，那些拐角，有没有像菜市场一样多的故事？

溪头村的秋色，只有柿子的橙红色和辣椒的大红色么？

穿过菜市场，小村庄后面的山林里，红橙黄绿青蓝紫一大堆颜色扑面而来，仿佛每一种颜色都赶到这个村庄约会，眼睛有点儿应接不暇。其实光有秋色怎么够呢？侧耳倾听，还有秋声。有了秋天成熟谷物的馈赠，小麻雀的叫声在这个季节听来也是格外清脆的；那掠过蓝天下的身姿，当有了自己的声音作伴奏，忽然就调皮起来：使劲飞高又猛地俯冲，或稍作盘旋，或跟落叶问个好，倒也别有味道。

天上，有一朵善于追踪的云，用各种各样的姿势跑进了这里的秋天；村边，一条清澈见底的小溪多情温柔地包围过来，光脚丫踩进水里，又踩出一枚枚秋天的花朵。

其实旅行，就是溜一个叫"快乐"的东西。而我一直紧紧地拽着这个东西，不许它游荡到远方去。

风轻拂，叶纷落，鞋轻叩，笑意和秋意荡漾开去。哦哦，这秋。

打糍粑

每到过年，土家族有一项重要的风俗习惯就是打糍粑。

有本地乡志记载：打糍粑系糯米饭就石臼中杵如泥，压成团形，形如满月。大者直径约一尺五（糍粑的一种，叫团馓），寻常者约4寸许，3～8分厚不等。

打糍粑是个很耗体力的活儿。热乎乎香喷喷的糯米饭倒入石臼，需得两个年轻力壮男子用特制木槌对糯米饭各种擂、揉、捶、打、搅、缠、盘等方成软烂劲道的糍粑坯，这一番操作下来，即使大冬天也会大汗淋漓。

早有婆姨手上抹了防粘的蜂蜡候着，随着打糍粑的土家汉子用木槌绞着打成的糯米泥绕着石臼越走越快，只听一声大喝"起"，糯米泥脱臼而出。

这边婆姨们已经迎上，一边不停吹着手一边将烫手的糯米泥从木槌上抠了下来。

一时欢声笑语大作，你扯一团糯米泥我揪一团糯米泥，放掌心一挤，糯米泥团子哧溜一下就从大拇指和食指团成的圈口跑了出来。

小朋友这会儿派上用场，拿着婆姨们揪好的糯米泥团子就赶紧趁热往木板上放，待得整整齐齐排满，上面再压上一块早就抹满蜂蜡相同大小的木板。

然后不等大人招呼，一堆小朋友又争先恐后爬上去在上面踩呀踩呀跳呀跳呀，噼里啪啦地活像蹦出了一串串快乐的鞭炮。只一会儿，揭开木板，一个个莹白如玉的扁圆糍粑即呈现在大家面前。

我记得我小时候胖乎乎圆滚滚经常挤不上那块诱人的木板，急得不晓得哭了几回。之后在梦里终于回回都占到位置，咧着嘴从梦里笑到梦外。

后来不知道从什么时候起，开始有了打糍粑的机器，左邻右舍一起相约打糍粑的场景再不常见，我那些关于童年的梦也一点点模糊起来。

今年过年的时候，老爸讲他用油茶树干又做了打糍粑的木槌，还发了个打糍粑的视频过来，一时间竟有些热泪盈眶。

或许，离家越远思念越长，我用擀面杖揉着糯米，何尝不是揉着那千千结的乡愁。

捡鹅卵石

河不远，弯弯地绕着村庄跑了一圈。河两岸有柳树也有枫树，还有矮小的灌木，枯水季，会露出一大片河滩来。因为想在一楼梯间做一个小鱼池，一大早便动员娃娃们去河滩捡鹅卵石。

这下正中他们心意，在清澈见底的河水里，能清清楚楚看见大大小小鹅卵石的花纹，也能清清楚楚看见小鱼儿游来游去。

帆帆才捡几块鹅卵石，心就跟着小鱼儿跑了。他猫着腰，憋着气，瞪大眼，双手合在一起作瓢状，小心翼翼地跟着鱼儿移动着。可是鱼儿是多么淘气的小家伙啊，怎么肯乖乖让帆帆装进手心里，一不留神，就从他的指缝溜走了。

就这样，忙活了好一会儿，一条小鱼儿都没抓到，旁边的小荷花开始取笑他。帆帆很不服气，觉得是小荷花弄出的声音惊走了鱼儿，他不停警告着看热闹的小荷花要保持安静。可是小荷花哪里忍得住，总是悄悄靠近，伸直脖子瞄着，然后在鱼儿快抓住那一瞬间惊叫……于是，帆帆的鱼儿又溜了。

帆帆气得在水里跳脚，他嚷嚷着对小荷花说："都怪你吓走我的鱼儿！你敢不敢和我比赛打水漂儿？"小荷花一甩蘑菇头："比就比！有什么不敢？"

两个小家伙扎好马步，拉开架势，喊着口号，一起将精心挑选的扁平小石块从水面上扔出去。

刚开始，帆帆太想赢扳回小面儿，随便拿块大石头就扔，结

267

果石块落在眼前，溅起的大朵水花让他睁不开眼，又惹得小荷花一阵咯咯乱笑。他赶紧调整策略，换上和小荷花一样大小的小石块。"预备，扔！"两个小石块在河面上一跳一跳地踩着水花向前奔去，孩子们一边大声给自己的石块鼓劲："跳跳跳！"一边大声喊"一二三四五六七"数着石块跳的次数，这下，次次都是帆帆赢了。他得意地说小荷花技术不好，得他这个小老师教。小荷花嘴一撇："高兴啥？你是男孩子你有力！"

鹅卵石果然比想象中笨重，才捡了一小袋子，我就已经拖不动了。阿爸赶过来拎到他的三轮车上去，像小时候我遇到任何困难一样，他第一时间出现在身旁。

他的背影不高大，也不佝偻，许是多年当兵养成的习惯，身姿仍然挺拔。一时间，我觉得阿爸并未老去，直到我喊了两声他都没回答。阿爸，耳背了呀。

娃娃们还是舍不得从河里上来，我忍不住也扔了一颗，小石子蹦跳着远去的样子，像极了一去不回的童年，也像极了阿爸渐行渐远的年华。

乡村晚会

这年头奇事比较多，比如 CCTV 有春晚，我们村竟然也有了"村晚"。只不过，"村晚"大白天演出叫啥来着？

许是头一遭的新鲜事，村民们兴致高昂。也不管太阳还高高地挂在天上，就兜里揣着瓜子糖果，搬着小板凳往村委会前的广场上溜达着去了。小板凳居然还很有次序，一溜儿整齐排开，很像以前放电影时的场景。小娃娃们窜来窜去，一刻也不得闲；于是，大人们的呼唤责备声也掺杂其中，热热闹闹的像晚会开始前的大型座谈会。

那么"村晚"究竟是什么样式的呢？总结：笑点贯穿始末，掌声异常热烈，"村味儿"特别浓厚。

下午五点钟的时候，光头村主任上台发言："祝大家生活越来越富裕！把新农村建设得越来越好看！"然后他瞄了一眼稍微斜挂的太阳，微微停顿后大声宣布："晚会正式开始！"台下村民使劲鼓掌："好！好！好！"

晚会第一个节目是孩子们跳鬼步舞。动感的舞步，朝气的脸庞，村民们还没来得及喝彩，就发现孩子们跳着跳着把舞台地毯给踢成了一团。老师和协警怕孩子们摔跤，急急忙忙在孩子们的舞步中冲上台整理地毯，偏偏孩子们敬业得很，仍然踩着节奏欢快跳着，大不了碰到卷着的地毯时临时更改舞步蹦一蹦，摄像师只好一边认真录像一边忍不住宽容地笑。

然后妆容精致的阿姨上台表演拉丁舞，一个阿姨扭着屁股把金光闪闪的大耳环给扭掉了，又嘻嘻哈哈上台找耳环。穿着民族服装的主持人倒是淡定，等阿姨找到耳环后继续报幕让下一个节目准备。

　　没有DJ，光头村主任就自己播放音乐，结果按键数次找不准应该播放哪一曲，急得他差点把光头摸出了头发。村民们见了，嗑着瓜子安慰村主任：不急不急。演员们站在舞台上就大声笑着耐心提醒："错了错了，对了对了。"

　　演出中，一不留神，一个阿叔的孙子跑离了视线。就见他在舞台下猫着腰找了一趟又一趟，憋着嗓门使劲呼唤。村民们也不嫌他的身影挡住了自个儿的视线，声音又打扰了舞台上唱歌，还帮着一起找娃，找到后又安心继续看节目。

　　哈哈哈哈，无数小插曲，村民们善良的全用笑声搅和了。

　　后来，来的人太多，连村委会准备的凳子也不够了，大家干脆席地而坐。对于敢上台表演的演员，村民们都是佩服的，一律使劲鼓掌。

　　靠近舞台处，一个一两岁的娃娃，边嘴里吧唧着糖边拿手机录像，一脸的专业认真样。至于录没录到，不重要。

　　村主任最后表示对整台晚会的气氛很满意，他摸了摸光头笑眯眯地说欢迎大家明年再来捧场。末了，有村民问可不可以上台表演打糍粑？还有人问可不可以表演杀年猪？还有表演唱山歌，对唱的那种？光头村主任搓搓手掌："那个杀年猪还是在家里杀比较好，其他的都热烈欢迎。"于是大家又大笑着啪啪鼓掌："好！好！好！"

　　老实话，第一次看到如此带着"泥土文艺味儿"的村干部；第一次看到如此"散漫随意"的"编导"；第一次看到观众如此热烈地叫好；第一次看到第一次上台的村民紧张地用"村普"问好；第一次看到如此年龄幼小的"录像师"。

第一次，看场演出，笑到脸抽筋。

我们的六一

最终，以六一儿童节之名义，给娃娃们一人买了一套衣服。

外甥女说："大姨，我长大了要给你一万块钱，买五套裙子。"

小侄女说："姑姑，我也给你买五套。"

外甥女说："那我给大姨买十套。"

小侄女表示怀疑："你赚得到那么多钱么？"

外甥女很不服气，一甩马尾："切！我将来要找月薪两三万的工作。"

我看着小侄子："你将来不给姑姑买礼物么？"

小侄子很淡定地看了看我："她们买的，我都给你买。"

照相的时候，我啧啧称赞："哎哟太好看了！"娃娃们一甩头发得意回答："没办法，我们长得漂亮。"

小侄女提议："姑姑，我们给你跳个校园集体舞好不好？"为什么不好呢？于是孩子们先是很有仪式感的绅士邀请，手拉着手，探步、旋转、扭腰，回眸，旋律轻快，舞姿翩翩。我想，夕阳下，录像的我，脸上一定露出了慈祥的笑容。

回来的路上，孩子们非得把花儿摘了戴头上。好在田间地头到处都是，一场雨水后又花开满园，不像公园摘掉就没有了。

这么些年在水泥森林里飘荡，不仅仅是空间限制了想象力，花儿也限制了想象力。相遇时，总是客客气气地欣赏，客客气气地再见，生怕碰折了就成了不文明的代表。都好像忘了，这些花儿还可以编成花环，做成耳饰，编成发卡。

那些五颜六色的花儿，本就是五颜六色童年时光中最重要的组成部分，不是相敬如宾，而是互增光彩。

路经的地方，有一个长长的棚架，我正好奇地研究上面密密麻麻挂着的小果子呢，刚上二年级的小侄女就探出头鬼精灵地问我："姑姑，你不识字？"抬头处，才发现农场主写了"八月瓜"几个大字。

八月瓜，记忆中也是山野之物，等到秋天果子炸裂时即可采摘，是童年记忆中不可或缺的野果。没想到，现在人工也可培育了，只是不晓得，味道是否一样？

一路上，我使劲呼吸新鲜空气，频频按响快门，想把久违的美景都收录到手机中。偏偏孩子们捣蛋，我拍蜜蜂，几个娃就去跟蜜蜂说话："快跑快跑！"我拍蝴蝶，娃娃们就喊："快飞快飞！"那些蜜蜂和蝴蝶仿佛真能听懂她们说话，我好多次靠近，它们都调皮地溜走了。有一只蝴蝶和蜜蜂反应稍微慢点，我也就分别只抓拍到一个镜头，孩子们又鼓着腮帮子把它们吹跑了。

我们比赛奔跑，结果我总是落后。她们就大笑："哈哈哈，哎呀你太肥了啦！"看到放养的黑猪，她们又提议比赛学猪叫。于是，"喝昂……喝昂……""猪"叫声此起彼伏。

开玩笑！这是什么操作？我是长辈呢好吧？我逃，我逃。背后，又是一串银铃般的嘲笑声远远甩来……

在六一，我其实也是个孩子。

新铁路

记得小时候，路是有的，但是不多。仅有的几条大马路，晴天走尘土飞扬，雨天走泥卷裤管。水泥路也是有的，就城中心那几段儿。

那时候，走得最多的是去外婆家的路。一路野花多，茅草也深，时有大蛇出没，为防止被咬，常常晴天也穿着有高鞋帮子的雨靴。

那时做梦都梦到修好了路。可是，谁也没想过，有一天村里会通一条铁路。

修铁路的时候，不止村民兴奋，阿妈更是在电话里经常"汇报"进度：铁路又修到哪里哪里了，沿线谁家的房子被征拆了。阿爸去开了党员会，她也会积极打听会上有没有"讲铁路"。

终于有一天，阿妈喊我快回来，说是铁路快要通车了，让我带她去通车前的铁路上走走看看。

赶到家的第二天一大早，鸡都还没有起来，阿妈就摸到我房里来喊我起床。为表重视，我很隆重地穿上一件黑色 V 领礼服。结果等到天光给阿妈拍照的时候，阿妈哈哈大笑道，她忘记换一件好看的衣服了。

多年没有走过这条老路，我更是新奇无比。

那些小时候采蘑菇摘板栗寻野果到过的地方，一条条水泥路蜿蜒起伏绕着铁路铺延开来，像发箍，像玉带，像中华龙；露珠挂在草尖上，各种野花依然熟悉的灿烂着，而我依然叫不出名字；

蝴蝶还像小时候那么多，相遇了一路；鸟儿好奇地躲在枫叶后瞅瞧，熟透的板栗时不时很惊喜地从头顶滚落下来；每一个路遇的乡亲都用最亲切的乡音打着招呼，仿佛我从未离他们远去。

阿妈一路啧啧惊叹一路说共产党真好，一路随手捡着板栗一路又和乡邻家长里短地聊着天；随着捡的板栗越来越多，我的裙子口袋也被征用了。像小时候那样，我捂紧鼓鼓的口袋追逐我的蝴蝶，又会突然跑回阿妈身边去说几句调皮的话逗得她哈哈大笑。呵呵！真好，阳光也被笑得洒了一地金光呢。

谁知道相遇的铁路工人们比我们笑得更大声，见我们和他们聊铁路，他们正好歇口气儿。一个个皮肤黑得反光，眼睛却晶亮晶亮的。他们争相给我们说着建设铁路的趣闻，说到得意处哈哈大笑："这家乡的第一条铁路，石头是我们运上来的，铁轨是我们铺的呢。"有个满脸褶子的阿叔甚至手一挥："老子退休前能干这么一件有意义的事儿，值得！"最后，大家伙还不忘总结了一句话："国家政策真是好！活了几十年，铁路终于通到了家乡。"看得出来，一颗颗汗珠子都由内而外自豪。

阿妈说，现在老百姓高兴，一说话就笑，皱纹都比以前多。她的话又让我回头去看那些工人，他们抢着铁锤再次干得热火朝天，早忽略了头顶上那一轮金光灿灿的太阳。脖子上白色的毛巾和黝黑的皮肤形成强烈的反差，却出奇的和谐好看。

反正，我也笑累了啊。极目远眺，金黄色的稻田，漂亮的各式楼房，雄伟壮丽的铁路组成了完美画卷。

离开的时候，阿妈让我再给她和铁轨照张照片。她很慎重地反复扯了扯衣襟，斜斜坐在轨道石头上，又再摆弄一下裤脚，然后温柔地笑着，她的影子和长长的铁轨叠合在一起，在她身后无限延伸开来……按快门的时候，谁知道端庄坐着的阿妈突然大喊一声"耶"比出个剪刀手，没办法，忍不住，我们娘俩再次笑了个前仰后合。

　　这盛世，如我们所愿。

我们的年

阿妈说,今年大年三十立春,得提前至二十九过年。至于有什么讲究,我不得而知。

天还没亮,就被厨房乒乒乓乓的声音吵醒,我知道,一定是阿爸阿妈在开始准备年夜饭了。

从被窝钻出来时,油锅里的油正裹着酥肉翻滚得起劲,一阵阵冒着香气儿;阿爸不紧不慢地往灶膛里添着火,火吐着火信子把阿爸的脸映得通红。

这个景象是如此熟悉,从很小的时候开始就已经烙印在心底。

注重仪式感的爸妈,一顿年夜饭甚至得从头一天就要开始准备,宰鸡杀鸭刨鱼打海带结;然后当天还得天不亮就起床,煎炸烹煮炒轮番上阵,直至下午三四点钟时佳肴满桌。

鞭炮是少不了的属于年的独有声音,边放鞭炮请年边摆上猪头猪尾巴(表示一年完完整整有头有尾)恭恭敬敬敬祖先,除了逝去的奶奶和外公外婆我认得,其他先人也只能统称一声:"祖先们,请用餐!"

家里神龛位祭罢,还得带上贡品和鞭炮去坟前祭拜。告知先辈们:"今儿过年了,你们虽然长眠在这里,子孙后辈不曾忘。"

像为了应景,讨厌的雨和鞭炮声一样,一阵紧似一阵。姨父不顾雨淋轻轻往坟头培土,舅舅和幺姨弯腰点着香纸蜡烛。相隔这么近却又那么远,阿敏和我大声问候着:"外公外婆爷爷奶奶,

277

请一起过年！"

远处青山依旧，小路依旧，连坟前的那棵李子树都依旧，而亲人们的思念，却只能遥寄了。

我早就夸下海口说要炒几个菜，结果对我一直持怀疑态度的阿妈早早利索地一通准备顿时让我觉得技穷，心虚地瞄瞄，我好像做什么菜都不能锦上添花了。

阿爸更是不信任从没在家做过菜的我能把菜做熟，但是为了不打击我的积极性，除了多看我几眼再多从我身旁经过几次，微笑着未发一言。阿妈小心翼翼地说："买了两条鱼，我剁掉一条，还留了一条整鱼给你，你真的会做？"

额，娘亲你都这么问了，我敢说我也是第一次做吗？说了实话您老人家还不得急急把锅铲夺走？

管他三七二十一，没做过烤鱼好歹我吃过啊，拼了！切洋葱切土豆切辣椒切香菇切酸萝卜……整鱼吱溜扔进油锅想炸至金黄，却吓得负责火候的阿爸心惊肉跳，拿来锅盖一把盖上。幸亏阿妈锅盖揭得快，不然得糊。放进铁盘火锅里时，顺便把脑袋里能想到的香料一通乱撒，阿妈又在边上紧张地叫："花椒多了多了，胡椒少了少了。"许是为了哄我，最后大家一致好评：好吃好吃！

晚上的时候，阿爸早准备了几根大大的木柴往火膛添火，我们土家族相信，火烧得越旺时间烧得越长，来年喂的牲口无病无灾长得越肥。大家围坐火膛，开始闲话家常。几个小娃娃用手赶着飘过来的烟子，反复念起那首古老的歌谣：

"烟子烟，莫烟我

我是天上的梅花朵

猪砍柴，狗烧火

猫儿洗脸笑死我"

果真，那烟子摇摇晃晃飘到大人们那里去了。

后 记

当著名军旅诗人赵绪奎老师提醒我该为这本小书写点儿后记的时候，竟是满满的感恩先涌上心头，纵有千言万语却又久久无从落笔。

我是一个大胆喜欢文字实际又很胆怯的人。虽然喜欢，却从没有想过笔端能开出一两朵花来。所以在此之前，绝大部分作品都是写给自己看。

这本小书之所以得以成书，除了在黄埔区作协日复一日耳濡目染的熏陶，广州市黄埔区文学艺术界联合会也做了我的坚强后盾。首先要感谢黄埔区文联庄汉山主席的大力提携和激励，感谢赵绪奎老师的慷慨指导和帮助，是他们用不怕我"坏一锅粥"的胆量力推，才有了我这小心翼翼而又满怀欣喜和敬意的小小一步。当然，还有曾带着我这个新人进入到广州市作协的著名诗人顾偕老师，给予我诸多鼓励的黄埔区作协王国省主席，为我提供无数锻炼机会和平台的黄埔区作协，在此一并鞠躬致谢。

老实说，进行这本小书文字创作的时候，经常惶恐不安。我开始嫌弃自己肤浅，嫌弃自己才情薄，嫌弃自己思维不严谨，嫌弃自己常常词穷。觉得那些个文字精灵今天看一个样，明天看又一个样；今天读想添加两个字，明天读又想全部删除重来。"字到用时方恨少"就是当时写作时一个最真实的状态。

总之，这本小书的作品并不完美，还有着很多瑕疵，但胜在真诚，赵绪奎老师已经给予很多指正。若你遇见时，其中一个句子或是一段文字能在某一个时光瞬间感动你，就是对我最高的褒奖。

　　而相逢就是莫大的缘分。比如我遇到的名师们，比如那些激发了我灵感的每一个人和每一样事物，比如你们不经意遇到的这本书……

　　这，仅仅只是开始。

吴艳君

2021 年 9 月 8 日

图书在版编目（CIP）数据

爱有声音 / 吴艳君著 . -- 武汉：崇文书局，
2021.12
（香雪文学系列丛书）
ISBN 978-7-5403-6617-9

Ⅰ．①爱… Ⅱ．①吴… Ⅲ．①诗集－中国－当代②散
文集－中国－当代 Ⅳ．① I217.2

中国版本图书馆 CIP 数据核字（2021）第 275124 号

特约编辑：戴建国
责任编辑：刘雨晴
责任校对：董　颖
责任印制：李佳超

爱有声音
AI YOU SHENGYIN

出版发行：长江出版传媒｜崇文书局
地　　址：武汉市雄楚大街 268 号 C 座 11 层
电　　话：(027)87677133　邮政编码　430070
印　　刷：武汉市楚风印刷有限公司
开　　本：880mm×1230mm　1/32
印　　张：9.5
字　　数：185 千字
版　　次：2021 年 12 月第 1 版
印　　次：2021 年 12 月第 1 次印刷
定　　价：46.00 元

（如发现印装质量问题，影响阅读，由本社负责调换）